TRANZLATY

Language is for everyone

زبان سب کے لیے ہے۔

The Call of Cthulhu

چودھواں کی کال

H.P. Lovecraft

ایچ۔پی۔ لاوِس کرافٹ

English

اردو

The Horror Made of Clay

مٹی سے بنی خوفناک

There is one thing I find particularly merciful.

ایک چیز ہے جو مجھے خاص طور پر قابلِ رحم لگتی ہے۔

The inability of the human mind to correlate events.

انسانی دماغ کا واقعات کو آپس میں جوڑنے کی ناکامی۔

It's a blessing that we can't understand the world.

یہ ایک نعمت ہے کہ ہم دنیا کو نہیں سمجھ سکتے۔

We live blissfully on a placid island of ignorance.

ہم جہالت کے ایک پرسکون جزیرے پر خوشی سے رہتے ہیں۔

An island in the midst of black seas of infinity.

لامحدود سیاہ سمندروں کے درمیان ایک جزیرہ۔

And it was not meant that we should voyage far.

اور اس کا یہ مطلب نہیں تھا کہ ہم دور تک سفر کریں۔

The sciences each strain in their own directions.

سائنس ہر ایک اپنی اپنی سمتوں میں دباؤ ڈالتا ہے۔

But hitherto science's findings have harmed us little.

لیکن اس تک سائنس کے نتائج نے ہمیں بہت کم نقصان پہنچایا ہے۔

But some day dissociated knowledge will be pieced
together.

لیکن کسی دن منتشر علم اکٹھا ہو جائے گا۔

Terrifying vistas of reality will open up to us.

حقیقت کے خوفناک مناظر ہمارے سامنے کھلیں گے۔

And we will be left in a frightful vantage point.

اور ہمیں ایک خوفناک مقام پر چھوڑ دیا جائے گا۔

We will either go mad from the revelation we are given.

ہم یا تو اس وحی سے پاگل ہو جائیں گے جو ہمیں دی گئی ہے۔

Or we will flee from the deadly light that we will see.

یا ہم اس مہلک روشنی سے بھاگ جائیں گے جو ہم دیکھیں گے۔

We will run from the knowledge we had always pursued.

ہم اس علم سے بھاگیں گے جس کا ہم نے ہمیشہ پیچھا کیا تھا۔

And we will seek the peace and safety of a new dark age.

اور ہم ایک نئے تاریک دور کے امن اور سلامتی کے خواہاں ہوں گے۔

Theosophists have guessed at the scale of the cosmos.

تھیوسوفسٹوں نے کائنات کے پیمانے پر اندازہ لگایا ہے۔

Our world is but a transient incident in this cycle.

ہماری دنیا اس چکر میں ایک عارضی واقعہ ہے۔

The human race plays but a little role in the universe.

انسانی نسل کائنات میں تھوڑا سا کردار ادا کرتی ہے۔

The theosophists have hinted at strange methods of survival.

تھیوسوفسٹوں نے بقا کے عجیب و غریب طریقوں کی طرف اشارہ کیا ہے۔

But their suggestions would freeze a rational man's blood.

لیکن ان کی تجاویز ایک عقل مند آدمی کا خون جما دے گی۔

Only the optimism of their ideas hides the horror.

ان کے نظریات کی صرف امیدیں وحشت کو چھپاتی ہے۔

But it is not their ideas that chill me the most.

لیکن مہ ان کے خیالات نہیں ہیں جو مجھے سب سے زیادہ ٹھنڈا کرتے ہیں۔

It is something else that fills me with terror.

یہ کچھ اور ہے جو مجھے دہشت سے بھر دیتا ہے۔

The single glimpse of forbidden eons I have seen.

ممنوعہ زمانوں کی ایک جھلک جو میں نے دیکھی ہے۔

When I think of what I saw my blood stands still.

جو کچھ میں نے دیکھا اس کے بارے میں سوچتے ہی میرا خون ساکت ہو جاتا ہے۔

Restlessness plagues my dreams since that glimpse.

اس جھلک کے بعد سے بے چینی میرے خوابوں کو متاثر کرتی ہے۔

It came to me like all dreaded glimpses of truth.

یہ سچائی کی تمام خوفناک جھلکوں کی طرح میرے پاس آیا۔

An accidental piecing together of separated things.

حادثاتی طور پر الگ الگ چیزوں کو جوڑنا۔

An old newspaper item and the notes of a dead professor.

اخبار میں ایک پرانی چیز اور ایک مردہ پروفیسر کے نوٹ۔

In a flash everything was pieced together before me.

ایک جھلک میں سب کچھ میرے سامنے اکٹھا ہو گیا۔

I hope no one else will accomplish this terrible insight.

مجھے امید ہے کہ کوئی اور اس خوفناک بصیرت کو مزید را نہیں کرے گا۔

Certainly, if I live, I shall never help anyone to know it.

یقیناً طور پر، اگر میں زندہ ہوں، میں اسے جاننے میں کسی کی مدد نہیں کروں گا۔

I shall never knowingly supply a link in so hideous a chain.

میں جان بوجھ کر اتنی ہولناک زنجیر میں کہیں بھی ایک بڑا ایم نہیں کروں گا۔

I think that the professor, too, intended to keep silent.

میرا خیال ہے کہ پروفیسر نے بھی خاموش رہنے کا ارادہ کیا۔

He didn't mean to share the secrets that he knew.

اس کا مطلب ان رازوں کو بانٹنا نہیں تھا جو وہ جانتا تھا۔

And I'm sure he would have destroyed his notes.

اور مجھے یقین ہے کہ اس نے اپنے نوٹ تباہ کر دے ہوں گے۔

If he had not been seized by sudden and suspicious death.

اگر وہ ناگہانی اور مشکوک موت کی گرفت میں نہ آتا۔

***

My knowledge of the thing began in the winter of 1926-27.

اس چیز کے بارے میں میرا علم 1926-27 کے موسم سرما میں شروع ہوا۔

My great-uncle was the professor George Gammell Angell.

میرے بڑے چچا پروفیسر جارج جیمل اینجل تھے۔

He was the Professor Emeritus of Semitic languages.

وہ سامی زبانوں کے پروفیسر ایمریٹس تھے۔

He lectured in Brown University, Providence, Rhode Island.

انہوں نے براؤن یونیورسٹی، پروویڈنس، روڈ آئی لینڈ میں لیکچر دیا۔

His death, at the age of ninety-two, triggered the event.

ماروے سال کی عمر میں ان کی موت نے واقعہ کو ہی پیر کر دیا۔

He was widely known as an authority on ancient
inscriptions.

وہ بڑے پیمانے پر قدیم نوشتہ جات پر ایک اتھارٹی کے طور پر جانا جاتا تھا۔

Heads of prominent museums came to him for his expertise.

ممتاز عجائب گھروں کے سربراہان اپنی مہارت کے لیے ان کے پاس آئے۔

So his death was noticed by many within academic circles.

چنانچہ ان کی موت کو علمی حلقوں میں بہت سے لوگوں نے دیکھا۔

Interest was intensified by the obscurity of his death.

اس کی موت کے مبہم ہونے سے دلچسپی تیز ہو گئی۔

It occurred as he was disembarking from the Newport boat.

یہ اس وقت ہوا جب وہ نیوپورٹ کی کشتی سے اتر رہا تھا۔

Witnesses say a dark nautical-looking fellow had jostled
him.

عینی شاہدین کا کہنا ہے کہ ایک سیاہ بحری نظر آنے والے ساتھی نے اسے مارا تھا۔

After being stricken, he fell suddenly, witnesses say.

عینی شاہدین کا کہنا ہے کہ زخمی ہونے کے بعد وہ اچانک گر گیا۔

Physicians were unable to find any visible disorder.

معالجین کسی بھی نظر آنے والی خرابی کو تلاش کرنے سے قاصر تھے۔

After some perplexed debate they reached their conclusion.

کچھ الجھی ہوئی بحث کے بعد وہ اپنے نتیجے پر پہنچے۔

"It must have been a lesion of the heart," they agreed.

"یہ دل کا زخم رہا ہو گا،" انہوں نے اتفاق کیا۔

"After all, he was rather an elderly man," they added.

انہوں نے مزید کہا، "آخر کار وہ ایک بوڑھا آدمی تھا۔"

"the brisk ascent of the steep hill caused his end."

"کھڑی پہاڑی کی تیز چڑھائی اس کے خاتمے کا سبب بنی۔"

At the time I saw no reason to dissent from this dictum.

اس وقت میں نے اس قول سے اختلاف کرنے کی کوئی وجہ نہیں دیکھی۔

But latterly I am inclined to wonder about their conclusion.

لیکن بعد میں اُن کے نتیجے پر حیرت کی طرف مائل ہوں۔

And I do more than just wonder if they were right.

اور میں صرف حیرت سے زیادہ کرتا ہوں کہ کیا وہ صحیح تھے۔

***

My grand-uncle died alone as a childless widower.

میرے نانا چچا ایک بے اولاد بیوہ کے طور پر اکیلا مر گئے۔

And so I became heir and executor to his possessions.

اور اس طرح میں اس کے مال کا وارث اور ہلدار بن گیا۔

So I was expected to go over his papers and writings.

اس سے یہ توقع کی جاتی تھی کہ میں ان کے کاغذات اور تحریروں کو دیکھوں گا۔

I moved his entire set of files and boxes to my Boston home.

میں نے اس کی فائلوں اور پیکسوں کا پورا سیٹ اپنے بوسٹن کے گھر منتقل کر دیا۔

Much of the materials I collected will later be published.

میرے جمع کردہ زیادہ تر مواد بعد میں شائع کیا جائے گا۔

Many academics in his field took great interest in his work.

ان کے میدان میں بہت سے ماہرین تعلیم نے ان کے کام میں بہت دلچسپی لی۔

The American archeological society relied on him greatly.

امریکی آثار قدیمہ کا معاشرہ اس پر بہت زیادہ بھروسہ کرتا تھا۔

But there was one box which I found exceedingly puzzling.

لیکن ایک ڈبہ تھا جو مجھے حد سے زیادہ پریشان کن معلوم ہوا۔

I felt much averse from showing these files to other eyes.

میں نے ان فائلوں کو دوسری آنکھوں کو دکھانے سے بہت زیادہ نفرت محسوس کی۔

The box had been locked, unlike the other boxes.

دوسرے خانوں کے برعکس ڈبہ بند کر دیا گیا تھا۔

And initially I found no key that would open this box.

اور شروع میں مجھے کوئی چابی نہیں ملی جو اس باکس کو کھولے۔

But then the location of the key occurred to me.

لیکن پھر بھی چابی کا مقام معلوم ہوا۔

The professor always carried a keyring in his pocket.

پروفیسر ہمیشہ جیب میں ایک چابی رکھتا تھا۔

It was indeed one of these keys that opened the box.

یہ واقعی ان میں سے ایک چابی تھی جس نے باکس کھولا۔

But in the box was a still more closely locked barrier.

لیکن باکس میں اس ہی زیادہ قریب سے بند رکاوٹ تھی۔

What could be the meaning of the queer bas-relief?

بیس ریلیف کا کیا مطلب ہو سکتا ہے؟

Various paper cuttings accompanied the bas-relief.

بیس ریلیف کے ساتھ مختلف کاغذی کٹنگز بھی تھیں۔

What did the disjointed jottings and ramblings allude to?

منقطع جوٹنگز اور ریمبلنگ کس چیز کی طرف اشارہ کرتے ہیں؟

Had my uncle become credulous to superficial impostures?

کیا میرے چچا سرسری دھوکوں کے لیے معتبر ہو گئے تھے؟

Perhaps in his later years his criticalness thought slowed.

شاید بعد کے سالوں میں اس کی تنقیدی سوچ سست پڑ گئی۔

Someone had disturbed this old man's peace of mind.

کسی نے اس بوڑھے کا ذہنی سکون ہراساں کر دیا تھا۔

And so I resolved to locate the eccentric sculptor.

اور اس طرح میں نے سنکی مجسمہ ساز کو تلاش کرنے کا عزم کیا۔

The man who set in motion my uncle's strange obsession.

وہ شخص جس نے میرے چچا کا بیس جنون حرکت میں ڈالا۔

***

The bas-relief was roughly shaped like a rectangle.

بیس ریلیف کی شکل تقریباً مستطیل کی طرح تھی۔

The rectangular shape was less than an inch thick.

مدسے مستطیل شکل ایک سے چھ چھ ام مربع تھی۔

And the bas-relief was about five by six inches in area.

اور اس ریلیف علاقہ میں تقریباً پانچ ماای چھ اچ تھا۔

It was obvious that the bas-relief was of modern origin.

یہ واضح تھا کہ باس ریلیف جدید منزل کا تھا۔

The designs, however, were far from modern in atmosphere.

تاہم، ڈیزائن ماحول میں جدید سے بہت دور تھے۔

The inscriptions suggested a far older civilization.

روشنہ جات نے ایک بہت پرانی تہذیب کا مشورہ دیا۔

The vagaries of cubism and futurism were many and wild.

کیوبزم اور فیوچرزم کے ایثار بہت سے اور جنگلی تھے۔

But normally such patterns fail to produce regularity.

لیکن عام طور پر اس طرح کے نمونے باقاعدگی پیدا کرنے میں ناکام رہتے ہیں۔

The cryptic regularity which lurks in prehistoric writing.

خفیہ باقاعدگی جو پراگ تاہاسک تحریر میں چھپی ہوئی ہے۔

This regularity was certainly present in the bas-relief.

یہ باقاعدگی اس ریلیف میں ضرور موجود تھی۔

I was certain the inscriptions represented a writing system.

مجھے یقین تھا کہ روشنہ جات ایک تحریری نظام کی نمائندگی کرتے ہیں۔

I had some familiarity with the papers of my uncle.

میں اپنے چچا کے کاغذات سے کچھ واقف تھا۔

And I had looked through all of his collections and works.

اور میں نے ان کے تمام مجموعوں اور کاموں کو دیکھا تھا۔

But I failed to find any writing that was similar.

لیکن میں ایسی کوئی تحریر تلاش کرنے میں ناکام رہا۔

I could not geographically place this alphabet in any way.

میں جغرافیائی طور پر اس حروف تہجی کو کسی بھی طرح نہیں رکھ سکتا تھا۔

Nor could I guess from what time this writing came from.

نہ ہی میں اندازہ لگا سکتا تھا کہ یہ تحریر کس وقت سے آئی ہے۔

Above these apparent hieroglyphics there was a figure.

The figure was evidently only of pictorial intent.

ان ظاہری ہیئرھلاپکس سے اوپر ایک شکل تھی۔

The impressionism of the picture added to the mystery.

یہ اعداد و شمار واضح طور پر صرف تصویری ارادے کا تھا۔

No clear idea of the creature's nature could be discerned.

مخلوق کی فطرت کا کوئی واضح اندازہ نہیں لگایا جا سکا۔

The creature seemed to be a monster, of some sort.

یہ مخلوق ایک عفریت لگ رہی تھی، کسی طرح۔

Or the symbol represented a monster, of some sort.

یا علامت کسی عفریت کی نمائندگی کرتی ہے۔

Only a diseased mind could conceive of such a form.

صرف ایک بیمار ذہن ایسی شکل کا تصور کر سکتا ہے۔

My imagination yielded different pictures simultaneously.

میرے تخیل نے ایک وقت میں مختلف تصویریں نکالیں۔

But my imagination may also be somewhat extravagant.

لیکن میرا تخیل کچھ اسراف بھی ہو سکتا ہے۔

An octopus, a dragon, and also a human caricature.

ایک آکٹوپس، ایک ڈریگن، اور ایک انسانی کیریچر بھی۔

I shall try not be unfaithful to the spirit of the thing.

میں کوشش کروں گا کہ اس چیز کی روح سے بے وفائی نہ کروں۔

A pulpy, tentacled head surmounted a scaly body.

ایک گودا، نیمہ دار سر ایک سہرہ دار جسم پر چڑھ گیا۔

Rudimentary wings protruded from the grotesque shape.

ابتدائی پنکھ بھیس شکل سے نکلے ہوئے ہیں۔

But the shape of the monster wasn't even the worst part.

لیکن عفریت کی شکل ہی بدترین حصہ نہیں تھی۔

The background of the picture was even more frightening.

تصویر کا پس منظر اور بھی خوفناک تھا۔

The scenery had a vague suggestion of another civilization.

Cyclopean architecture from a forgotten part of the world.

دنیا کے بھولے ہوئے حصے سے سائیکلوپین فن تعمیر۔

***

Only some notes and press cuttings accompanied the oddity.

عجیب و غریب کے ساتھ صرف کچھ نوٹ اور پریس کٹنگس تھے۔

The press cuttings seemed to be only vaguely related.

ایسا لگتا ہے کہ پریس کٹنگز صرف مہم طور پر متعلق ہیں۔

The hand written notes were all from my uncle.

ہاتھ سے لکھے گئے نوٹ سب میرے چاچے کے تھے۔

But his notes made no pretense to any literary style.

لیکن ان کے نوٹوں میں کسی ادبی انداز کا کوئی دکھاوا نہیں تھا۔

There was no ordering mechanism to any of the papers.

کسی بھی کاغذ کو ترتیب دینے کا کوئی طریقہ کار نہیں تھا۔

Although there seemed to be a master document to the notes.

اگرچہ ایسا لگتا تھا کہ نوٹوں میں ایک ماسٹر دستاویز ہے۔

This document was ascribed to the cult of Cthulhu

اس دستاویز کو چتھولہو کے فرقے سے منسوب کیا گیا تھا۔

The word's letters had been painstakingly written out.

لفظ کے حروف بڑی محنت سے لکھے گئے تھے۔

There should be no erroneous reading of the unheard of word.

نہ سنے ہوئے کلام کو غلط پڑھنا نہیں چاہیے۔

This Cthulhu manuscript was divided into two sections;

چتھولہو کے اس نسخے کو دو حصوں میں تقسیم کیا گیا تھا۔

The first manuscript was titled the following:

پہلے مخطوطہ کا عنوان درج ذیل تھا:

"1925 - Dream and Dream Work of H. A. Wilcox"

"1925 - ایچ ۔ اے ۔ ولکاکس کا خذاب اور خذاب کی رہیم"

"7 Thomas St., Providence, Road Island"

"تھامس سینٹ، پروومڈرنس، روڈ آئی لینڈ 7"

And the second manuscript was titled the following:

: اور دوسرے نسخہ کا عنوان یہ تھا

"Narrative of Inspector John R. Legrasse"

"انسپکٹر جان آر لیگاسے کی داستان"

"121 Bienville St., New Orleans, 1908 Meetings."

121 ۔بین ویل اسٹریٹ، نیو اورلینز، 1908 ملاقاتیں۔

"Notes on Same, & Prof. Webb's account of events"

"نوٹس آن سیم، اور پروفیسر ویب کے واقعات کا اکاونٹ"

The other manuscript papers were all brief notes.

دوسرے خطوطہ کے کاغذات تمام مختصر نوٹ تھے۔

Some manuscripts described the queer dreams of different
persons.

کچھ خطوطات میں مختلف افراد کے عجیب و غریب خذابوں کو بیان کیا گیا ہے۔

Some manuscripts cited from theosophical books and
magazines.

تھیوسوفیکل کتابوں اور رسائل سے نقل کپے گئے کچھ خطوطات۔

Notably, most of these citations were from W. Scott-Eliott.

قابل ذکر بات یہ ہے کہ ان میں سے زیادہ تر حوالہ جات ڈبلیو۔ سکاٹ ۔ ایلیٹ کے تھے۔

Mainly the notes referenced Atlantis and the Lost Lemuria.

بنیادی طور پر نوٹوں میں اٹلانٹس اور کھوئے ہوئے لیمورما کا حوالہ دیا گیا تھا۔

The other notes commented on long-surviving secret
societies.

دوسرے نوٹوں میں طویل عرصے سے زندہ رہنے والی خفیہ معاشروں پر تبصرہ کیا گیا تھا۔

Hidden cults that may or may not still exist somewhere.

پوشیدہ پرستش جو کہیں موجود ہیں ہو سکتے ہیں یا نہیں ہیں۔

Two books seemed to provide most of the information;

ایسا لگتا تھا کہ دو کتابیں زیادہ تر معلومات بہم پہنچاتی ہیں۔

Miss Murray's Witch-Cult in Western Europe.

مس مرے کی ویسٹرن یورپ میں وچ کلٹ۔

This book thoroughly detailed Mythological sources.

اس کتاب میں اساطیری ماخذوں کا تفصیلی جائزہ لیا گیا ہے۔

And Frazer's Golden Bough provided anthropological sources.

اور فریزر کی گولڈن باؤ نے انسانیات کے ذرائع بہم کیے۔

***

The cuttings largely alluded to outré mental illnesses.

کٹنگ زیادہ تر ذہنی بیماریوں کی طرف اشارہ کرتی ہے۔

Outbreaks of group folly and mania in the spring of 1925.

کے موسم بہار میں اجتماعی حماقت اور انہماک کا پھیلنا۔ 1925

The first half of the manuscript told a very peculiar tale.

مخطوطہ کے پہلے نصف نے ایک بہت ہی عجیب کہانی سنائی۔

1925, the 1st of March, a thin dark young man came to my uncle.

یکم مارچ، ایک پتلا سیاہ رو جوان میرے چچا کے پاس آیا۔ 1925،

The manuscript describes his neurotic and excited aspect.

مخطوطہ اس کے اعصابی اور پرجوش پہلو کو بیان کرتا ہے۔

And he bore with him the strange bas-relief.

اور اس نے اپنے ساتھ عجیب و غریب راحت اٹھائی۔

At that time the bas-relief was exceedingly damp and fresh.

اس وقت یہ رلیف حد سے زیادہ گیلی اور تازہ تھی۔

His card bore the name of Henry Anthony Wilcox.

اس کے کارڈ پر ہینری انتھونی ولکوکس کا نام تھا۔

And my uncle had slightly recognized who he was.

اور میرے چچا نے قدرے پہچان لیا تھا کہ وہ کون ہے۔

He was the youngest son of an excellent family.

وہ ایک بہترین خاندان کا سب سے چھوٹا بیٹا تھا۔

Latterly he had been studying sculpture at Rhode Island.

آخر میں وہ رودآئی لینڈ میں پیکر سازی کی تعلیم حاصل کر رہا تھا۔

He lived alone at the Fleur-de-Lys Building.

وہ فلور-ڈی-لیس بلڈنگ میں اکیلا رہتا تھا۔

His residences were near the university.

ان کی رہائش گاہیں یونیورسٹی کے قریب تھیں۔

Wilcox was a precocious youth of known genius.

ولکاکس معروف باصلاحیت نوجوان تھا۔

But he was also known for his great eccentricity.

لیکن وہ اپنی عظیم سنکی کے بھی جانا جاتا تھا۔

From childhood he had excited the attention of others.

بچپن ہی سے اس نے دوسروں کی توجہ اپنی طرف کھینچی ہی تھی۔

He told of strange stories no one had told him about.

اس نے عجیب و غریب کہانیاں سنائیں جن کے بارے میں اسے کسی نے نہیں بتایا تھا۔

And he was in the habit of relating strange dreams.

اور اسے عجیب و غریب خواب سنانے کی عادت تھی۔

He described himself as "psychically hypersensitive".

اس نے خود کو "نفسیاتی طور پر انتہائی حساس" قرار دیا۔

But those around him had other descriptions for him.

لیکن اس کے آس پاس کے لوگوں کے پاس اس کے لیے کچھ اور وضاحتیں تھیں۔

They were staid folk of the ancient commercial city.

وہ قدیم تجارتی شہر کے لوگ تھے۔

And they dismissed him as merely strange and "queer".

اور انہوں نے اسے محض عجیب اور "کھسکا ہوا" مسترد کردیا۔

And so he never mingled much with his kind.

اور اس لیے وہ اپنی قوم کے ساتھ ہی زیادہ نہیں ملا۔

And he had dropped gradually from social visibility.

اور وہ رفتہ رفتہ سماجی نظروں سے اوجھل ہوا تھا۔

Now he is known only to a small group of esthetes.

اب وہ صرف جمالیات کے ایک چھوٹے سے گروہ کو جانا جاتا ہے۔

And those who knew him came mostly from other towns.

اور جو لوگ اسے جانتے تھے وہ زیادہ تر دوسرے شہروں سے آئے تھے۔

Even the Providence art club had found him quite hopeless.

یہاں تک کہ پرووڈنس آرٹ کلب نے اسے کافی ناامید پایا۔

Of course they were anxious to preserve their conservatism.

یقیناً وہ اپنی قدامت کو برقرار رکھنے کے لیے بے چین تھے۔

***

The professor's manuscript continued to describe the visit.

پروفیسر کا مخطوطہ اس دورے کو بیان کرتا رہا۔

The sculptor abruptly asked for his host's archeological
knowledge.

مجسمہ ساز نے اچانک اپنے میزبان سے آثار قدیمہ کا علم طلب کیا۔

He wanted him to identify the hieroglyphics on the bas-
relief.

وہ چاہتا تھا کہ وہ بس ریلیف پر میرے ماموں کی اس کی شناخت کرے۔

He spoke in a dreamy and rather stilted manner.

وہ خوابیدہ اور بلکہ چکے ہوئے انداز میں بولا۔

His speech suggested pose and alienated sympathy.

اس کی تقریر نے پوز اور اپنی ہمدردی کا مشورہ دیا۔

And my uncle showed some sharpness in his reply.

اور میرے چچا نے اپنے جواب میں کچھ تیزی سے دکھائی۔

Because the bas-relief was still conspicuously freshness.

کیونکہ بس ریلیف اب بھی واضح طور پر تازی تھی۔

So there was no need for any kinship with archeology.

اس سے آثار قدیمہ سے کسی قرابت داری کی ضرورت نہیں تھی۔

Young Wilcox's rejoinder was of a fantastically poetic cast.

یگ ولاکوکس کا جواب ایک شاندار شاعرانہ کاہٹ کا تھا۔

My uncle must have been impressed with the reply.

میرے چچا جواب سے متاثر ہوئے ہوں گے۔

And he recorded the reply of Wilcox verbatim.

اور اس نے ولاکوکس کا جواب لفظ بہ لفظ ریکارڈ کیا۔

"The bas-relief is indeed still conspicuously fresh."

"باس ریلیف واقعی اب بھی واضح طور پر تازہ ہے۔"

"Because I made this bas-relief last night, after a dream."

"کیونکہ میں نے پچھل رات ایک خواب کے بعد یہ ریلیف کہا۔"

"A dream of strange cities and stranger people."

"عجیب شہروں اور اجنبی لوگوں کا خواب۔"

"And dreams are older than brooding Tyros."

"اور خواب برودنگ ٹائَروس سے پرانے ہیں۔"

"Dreams are older than the contemplative Sphinx."

"خواب سوچنے والے اسفنکس سے پرانے ہوتے ہیں۔"

"And dreams are older than the garden-girdled Babylon."

"اور خواب باغ والے بابل سے پرانے ہیں۔"

This type of speech turned out to be characteristic of him.

اس قسم کی تقریر ان کا خاصہ نکلی۔

It was then that he began that rambling tale.

اس کے بعد ہی اس نے وہ مبہم کہانی شروع کی۔

The tale which suddenly played upon a sleeping memory.

وہ کہانی جو اچانک سوئی ہوئی یادوں پر چل پڑی۔

The tale that won the fevered interest of my uncle.

وہ کہانی جس نے میرے چچا کی دلچسپی جیت لی۔

***

There had been a slight earthquake tremor the night before.

اس سے پہلے رات کو زلزلے سے ہلکے جھٹکے محسوس کیے گئے تھے۔

The most considerable tremor New England had felt for
some years.

سب سے زیادہ قابل غور زلزلہ جو انگلینڈ نے کچھ سالوں سے محسوس کیا تھا۔

Wilcox's imagination had been keenly affected by the
earthquake.

زلزلے نے ولکاکس کی تخیل کو شدید متاثر کیا تھا۔

He had had an unprecedented dream of great Cyclopean
cities.

اس نے عظیم سائیکلوپین شہروں کا ایک بے مثال خواب دیکھا تھا۔

He dreamed of Titan blocks and sky-flung monoliths.

اس نے ٹائٹن بلاکس اور آسمان پر چھلنے والے یک سنگی خواب دیکھا۔

All the architecture was dripping with green ooze.

تمام فن تعمیر سبزہ سے پک رہا تھا۔

And his dreams were sinister with latent horror.

اور اس کے خواب پھانک خوف کے ساتھ خوفناک تھے۔

Hieroglyphics had covered the walls and pillars.

ہیروگلائفکس نے دیواروں اور ستونوں کا احاطہ کیا تھا۔

From somewhere underneath there came a sound.

نیچے کہیں سے آواز آئی۔

The sound was of a voice, but it was not a voice.

آواز آواز ہی تھی مگر آواز نہیں تھی۔

A chaotic sensation which only fancy could transmute into
sound.

ایک ابتری کا احساس جو صرف پسندیدہ آواز میں بدل سکتا ہے۔

He attempted to say the almost unpronounceable word.

اس نے تقریباً ناقابل تلفظ لفظ کہنے کی کوشش کی۔

A jumble of unlikely letters; "Cthulhu fhtagn".

ناممکن خطوط کا ایک ابھرا ہوا مجموعہ؛ "کتھاو فتاگن"۔

This verbal jumble was the key to my uncle's recollection.

اس زبانی اہڑ پر میرے چھالی ماد کی پڑی تھی-

This strange sound excited and disturbed Professor Angell.

اس چبیب و غریب آواز نے پروفیسر ا نجل کو پرجوش اور پریشان کردما-

He questioned the sculptor with scientific minuteness.

اس نے مجسمہ سازی سے سائنسی انداز میں سوال کیا-

He studied the bas-relief with almost frantic intensity.

اس نے تقریباً جھنی کے ساتھ بیس ریلیف کا مطالعہ کیا-

My uncle blamed his old age, Wilcox afterward said.

میرے چچا نے اپنے بڑھاپے کا الرام لگاما، ولاکوکس نے بعد میں کہا-

In his younger days he would have recognized the hieroglyphics.

اپنے چھوٹے دنوں میں اس نے میرو گلایفکس کو پہچان لیا ہوگا-

The pictorial design wouldn't have puzzled his sharper mind.

تصوری ڈیزائن نے اس کے تیز دماغ کو پریشان نہیں کیا ہوگا-

Many of his questions seemed highly out of place to his visitor.

اس کے بہت سے سوالات اس کے آنے والے کے لیے انتہائی جگہ سے باہر لگ رہے تھے-

He tried to connect him to strange mythological cults.

اس نے اسے چبیب و غریب اساطوی فرقوں سے جوڑنے کی کوشش کی-

He tried to get him to admit affiliation to secret societies.

اس نے اسے خفیہ معاشروں سے وابستگی کا اعتراف دلانے کی کوشش کی-

My uncle even promised to keep his visitor's secret.

یہاں تک کہ میرے چچا نے اپنے آنے والے کے راز کو چھپانے کا وعدہ کیا-

"Are you not part of a widespread mystical group?"

"کیا آپ ایک وسیع صوفیانہ گروہ کا حصہ نہیں ہیں؟"

"Are you not a member of a paganly religious body?"

"کیا تم ایک کافرانہ مذہبی ادارے کے رکن نہیں ہو؟"

Eventually he became convinced the sculptor wasn't a member.

مالآپر اسے یقین ہو گیا کہ وہ بہ ساز اس کا رکن نہیں ہے۔

He was indeed ignorant of any cult or system of cryptic lore.

وہ درحقیقت خفیہ علم کے کسی بزرگوں نظام سے ناواقف تھا۔

He besieged his visitor with demands for future reports of dreams.

اس نے اپنے آنے والے کو خوابوں کی مستقبل کی رپورٹوں کے مطالبات کے ساتھ گھیر لیا۔

This strange request bore regular and interesting fruit.

اس عجیب و غریب درخواست نے باقاعدہ اور دلچسپ پھل دیا۔

***

After the first interview the manuscript records daily calls.

پہلے انٹرویو کے بعد مخطوطہ روزانہ کی کالیں ریکارڈ کرتا ہے۔

He related startling fragments of nocturnal imagery.

اس نے رات کی تصویروں کے چونکا دینے والے ٹکڑوں سے متعلق بتایا۔

There were always the same themes in his dreams.

اس کے خوابوں میں ہمیشہ ایک جیسے موضوعات تھے۔

A terrible Cyclopean vista of dark and dripping stone.

سیاہ اور ٹپکنے والے پتھر کا ایک خوفناک سائیکلوپین وسٹا۔

A subterranean voice or intelligence shouting monotonously.

زیرِ زمین آواز یا ذہانت یکسر طور پر چیخ رہی ہے۔

Two sounds seemed to repeat themselves in his dreams.

اس کے خوابوں میں دو آوازیں خود کو دہرا رہی تھیں۔

But these sounds were as enigmatic as the other sounds.

لیکن یہ آوازیں دوسری آوازوں کی طرح پراسرار تھیں۔

The sounds can only be rendered by the letters "Cthulhu" and "R'lyeh".

آوازیں صرف "چتھوہو" اور "رلیح" کے حروف سے پیش کی جا سکتی ہیں۔

On March 23rd, the manuscript continued, Wilcox failed to come.

23 مارچ کو، مخطوطہ جاری رہا، ولکوکس آنے میں ناکام رہا۔

My uncle made inquiries at the quarters of his whereabouts.

میرے چاچا نے ان کے ٹھکانے پر دریافت کیا۔

That night he had been stricken with an obscure sort of fever.

اس رات اسے ایک غیر واضح بخار کا بخار تھا۔

And he was taken to the home of his family in Waterman Street.

اور اسے واٹر مین سٹریٹ میں اس کے گھر والوں کے گھر سے جایا گیا۔

That night he had cried out in one of his dreams.

اس رات اس نے اپنے خوابوں میں سے ایک پکارا تھا۔

His cries aroused several other artists in the building.

اس کی چیخوں نے عمارت میں موجود کئی دوسرے فنکاروں کو جگا دیا۔

And he was between alternations of unconsciousness and delirium.

اور وہ بے ہوشی اور بے ہوشی کی تبدیلیوں کے درمیان تھا۔

My uncle at once telephoned the family of Wilcox.

میرے چاچا نے فوراً اول کارس کے خاندان کو ٹیلی فون کیا۔

And from that time forward he kept close watch of the case.

اور اس وقت سے وہ اس کیس پر گہری نظر رکھتا تھا۔

He called often at the Thayer Street office of Dr. Tobey.

وہ اکثر ڈاکٹر ٹوبے کے تھائر سٹریٹ آفس میں فون کرتا تھا۔

Dr. Tobey was in charge of the patient's condition.

ڈاکٹر ٹوبے مریض کی حالت کے انچارج تھے۔

The youth's febrile mind was dwelling on strange things.

جوانی کا تپتا ذہن عجیب و غریب چیزوں پر مرکوز تھا۔

The doctor shuddered now and then as he spoke of the dreams.

ڈاکٹر اب اور پھر کانپتے ہیں اس نے خوابوں کی بات کی تھی۔

The dreams repeated a lot of the earlier themes.

خوابوں نے پہلے کے بہت سارے موضوعات کو دہرایا۔

But now his dreams made mention of something new.

لیکن اب اس کے خوابوں میں ایک نئی چیز کا ذکر تھا۔

A gigantic thing "a miles high" which walked, or lumbered about.

ایک بہت بڑی چیز "ایک میل اونچی" جو چلتی ہے، یا اس کے بارے میں لڑکھڑاتی۔

He at no time fully described this object in any detail.

اس نے کبھی بھی وقت اس اعتراض کو کبھی بھی تفصیل سے پوری طرح بیان نہیں کیا۔

But Dr. Tobey relayed the frantic words of his patient.

لیکن ڈاکٹر ٹوبے نے اپنے مریض کے تیز الفاظ کو بیان کیا۔

And the professor became increasingly certain of what it was.

اور پروفیسر کو یقین ہوتا گیا کہ یہ کیا ہے۔

The nameless monstrosity he had sought to depict in his sculpture.

جس کے نام شیطانیت کو اس نے اپنے مجسمے میں پیش کرنے کی کوشش کی تھی۔

The doctor had mentioned the bas-relief he had made.

ڈاکٹر نے اپنی بنائی ہوئی بیس ریلیف کا ذکر کیا تھا۔

This mention preludes the young man's subsidence into lethargy.

یہ تذکرہ نوجوان کی سستی میں سہولی کو پیش ہرتا ہے۔

His temperature, oddly enough, was not greatly above normal.

اس کا درجہ حرارت، عجیب سی بات ہے، معمول سے زیادہ نہیں تھا۔

But his general condition suggested he was in a fever.

لیکن اس کی بیرونی حالت بتاتی ہے کہ وہ بخار میں تھا۔

A fever, as opposed to being in the grasp of a mental disorder.

بخار، دماغی خرابی کی گرفت میں ہونے کے برعکس۔

***

On April 2nd at about 3 p.m. the fever came to an end.

2 ۔اپریل کو سہ پہر تقریباً 3 سے بخار اتر گیا۔

Every trace of Wilcox's malady suddenly ceased.

ولکاکس کی بیماری کا ہر نشان اچانک ختم ہو گیا۔

He sat upright in bed as if waking up from regular sleep.

وہ بستر پر ایسے سیدھا بیٹھا جیسے باقاعدہ نیند سے بیدار ہوا ہو۔

He was astonished to find himself at his parents' home.

وہ خود کو اپنے والدین کے ہمراہ پا کر حیران رہ گیا۔

And he was completely ignorant of what had happened.

اور جو کچھ ہوا تھا اس سے وہ مالکل بے خبر تھا۔

Neither dream nor reality had made an impression on his mind.

اس کے ذہن پر نہ تو خواب رہا نہ حقیقت۔

Dr. Tobey pronounced him fit to be dismissed from his care.

ڈاکٹر ٹوبے نے اسے اپنی نگہداشت سے برخاست کرنے کے بعد موزوں قرار دیا۔

And he returned to his quarters three days later.

اور وہ تین دن بعد اپنے کوارٹرز میں واپس آیا۔

But to Professor Angell he was of no further assistance.

لیکن پروفیسر اینجل کے بعد وہ ہر مدد مددگار نہیں تھا۔

All traces of strange dreaming had vanished with his recovery.

اس کی صحت یابی کے ساتھ ہی عجیب و غریب خواب دیکھنے کے تمام آثار مٹ گئے تھے۔

For a week he recounted irrelevant and thoroughly usual visions.

ایک ہفتے تک اس نے غیر متعلقہ اور ایک ہی طرح سے معمول کے نظارے بیان کیے۔

And my uncle kept no further record of his night-thoughts.

اور میرے چاچا نے اپنے رات کے خیالات کا مزید کوئی ریکارڈ نہیں رکھا۔

At this point the first part of the manuscript ended.

اس مقام پر خطوطہ کا پہلا حصہ ختم ہوا۔

But my research was still anything but concluded.

لیکن میری تحقیق اس میں کچھ بھی تھی لیکن نتیجہ اخذ کیا۔

References to scattered notes helped piece things together.

یکھرے ہوئے نوٹوں کے حوالہ جات نے چیزوں کو ایک ساتھ جوڑنے میں مدد کی۔

And there was more than enough material for thought.

اور سوچنے کے لیے کافی سے زیادہ مواد موجود تھا۔

My distrust of the artist had still not subsided.

مصور پر میرا اعتماد ابھی بھی ختم نہیں ہوا تھا۔

But this was largely a result of my ingrained skepticism.

لیکن یہ بڑی حد تک میرے پیرے ہوئے شکوک و شبہات کا نتیجہ تھا۔

The notes described the dreams of various persons.

نوٹوں میں مختلف افراد کے خوابوں کو بیان کیا گیا تھا۔

These dreams all occurred while young Wilcox was in his
fever.

یہ سب خواب اس وقت ہوئے جب نوجوان ولکوکس بخار میں تھا۔

My uncle, it seems, wasted no time in collecting the data.

ایسا لگتا ہے کہ میرے چچا نے ڈیٹا جمع کرنے میں کوئی وقت ضائع نہیں کیا۔

He had quickly instituted a prodigiously far-flung body of
inquiries.

اس نے فوری طور پر انکوائریوں کا ایک بہت ہی دور دراز ادارہ قائم کیا تھا۔

Any friend that didn't show impertinence he questioned.

جس دوست نے بے ہودگی کا مظاہرہ نہیں کیا اس نے سوال کیا۔

He requested from them nightly reports of their dreams.

اس نے ان سے رات کو ان کے خوابوں کی رپورٹ طلب کی۔

And he asked if they had had any notable visions of late.

اور اس نے پوچھا کہ ان سے پاس دیر سے کوئی قابل ذکر نظارہ تھا؟

The reception of his request seems to have been varied.

ایسا لگتا ہے کہ اس کی درخواست کا استقبال مختلف تھا۔

But there was certainly no shortage in replies.

No ordinary man could have handled the replies alone.

The original correspondences were not preserved.

But his notes formed a thorough and significant digest.

***

Initially he had approached average people in society.

New England's traditional "salt of the earth".

But this group gave an almost completely negative result.

Though there were some exceptions to this group too.

Scattered cases of uneasy but formless nocturnal impressions.

Their reports were always between March 23rd and April 2nd.

This aligned with the same period of young Wilcox's delirium.

Men of science had been only a little more affected.

Though four cases of vague description were of interest.

ہر چہ میہم وضاحت کے چار واقعات دیکھنے کے حامل تھے۔

They had had fugitive glimpses of strange landscapes.

انہوں نے چھمس و غریب مناظر کی مہرور جھلکیاں دیکھی تھیں۔

And in one case a dread of something abnormal was
mentioned.

اور ایک معاملہ میں کسی غیر معمولی چیز کے خوف کا ذکر کیا گیا تھا۔

It was from the artists and poets that the pertinent answers
came.

منکاروں اور شاعروں کی طرف سے ہی مناسب جوابات آئے۔

It is a blessing no one had been able to compare notes.

یہ ایک رحمت ہے کہ کوئی بھی ذروڈوں کا موازنہ کرنے کے قابل نہیں تھا۔

Panic would have broken loose had they shared their
visions.

گھبراہٹ ڈھیلی ہو جاتی اگر وہ اپنے نظارے بانٹ دیتے۔

This, however, did not dispel my ingrained skepticism.

تاہم، اس سے میرا شکوہ دور نہیں ہوا۔

Others might have come to mythical conclusions much
quicker.

دوسرے شاید بہت جلد افسانوی نتائج پر پہنچ جاتے کے۔

But the original letters were lacking from the notes.

لیکن نوٹوں میں اصل ہی حروف کی نہیں تھیں۔

I half suspected the compiler of having asked leading
questions.

مجھے نصف شبہ تھا کہ مرتب کرنے والے نے اہم سوالات پوچھے ہیں۔

Or perhaps the correspondences weren't entirely original.

یا شاید خط و کتابت پر مکمل طور پر اصلی نہیں تھے۔

Perhaps my uncle had resolved to confirm Wilcox's dreams.

شاید میرے چاچے ول کاکس کے خوابوں کی تصدیق کرنے کا عزم کر لیا تھا۔

That is why I continued to feel suspicious of the sculptor.

اس پے چھو پیہ سازپر شک کرتا رہا۔

Perhaps he was still cognizant of my uncle's old data.

شاید وہ ابھی تک میرے چچا کے پرانے کوائف سے واقف تھا۔

Perhaps he had been imposing on the veteran scientist.

شاید وہ تجربہ کار سائنسدان پر مسلط رہا تھا۔

Nonetheless, the corroborating data had to be investigated.

بہر حال، تصدیق کرنے والے ڈیٹا کی چھان بین کرنی پڑی۔

***

The responses from the esthetes told a disturbing tale.

ماہرینِ جمالیات کے جوابات نے ایک پریشان کن کہانی سنائی۔

From February 28th to April 2nd their dreams aligned.

28 فروری سے 2 اپریل تک ان کے خوابوں کی ترتیب ہوئی۔

And a large proportion of them had dreamed very bizarre things.

اور ان میں سے ایک بڑی تعداد نے بہت عجیب و غریب خواب دیکھے تھے۔

The timing of the intensity of their dreams was also of interest.

ان کے خوابوں کی شدت کا وقت بھی دلچسپی کا باعث تھا۔

The period of the sculptor's delirium marked a highpoint.

مجسمہ ساز کے ڈیلیریم کی مدت ایک اعلیٰ مقام کی نشاندہی کرتی ہے۔

The intensity of their dreams were immeasurably the stronger.

ان کے خوابوں کی شدت بے حد مضبوط تھی۔

Over a quarter reported unfamiliar and unpronounceable sounds.

ایک چوتھائی سے زیادہ غیر مانوس اور ناقابل تلفظ آوازوں کی اطلاع دی۔

Noises not dissimilar to what Wilcox had also described.

ولکوکس نے جو بیان کیا تھا اس سے مختلف نہیں شور۔

Some described highly elaborate and impossible architecture.

کچھ نے انتہائی وسیع اور ناقابلِ بیان فن تیرہ کو بیان کیا۔

And some of the dreamers confessed to an acute fear.

اور خواب دیکھنے والوں میں سے کچھ نے شدید خوف کا اعتراف کیا۔

Like Wilcox, they had seen some gigantic nameless thing.

ولکاکس کی طرح، انہوں نے بھی کسی بہت بڑے بے نام شے کو دیکھا تھا۔

One case, which the note describes with emphasis, was very sad.

ایک معاملہ، جسے نوٹ میں زور کے ساتھ بیان کیا گیا ہے، بہت ہی افسوسناک تھا۔

The subject was a widely known architect of the region.

موضوع علاقے کا ایک وسیع پیمانے پر جانا جاتا معمار تھا۔

He too had leanings toward theosophy and occultism.

اس کا جھکاؤ بھی تھیوسفہ اور جادوئی طرف تھا۔

This man went violently insane on March the 22nd.

یہ شخص 22 مارچ کو پُرتشدد طور پر پاگل ہو گیا۔

The exact same date of young Wilcox's seizure.

نوجوان ولکاکس کے دورے کی ہماہنگ ویسی تاریخ۔

He expired several months later, after incessant screaming.

مسلسل چیخ و پکار کے بعد کئی مہینوں بعد اس کی موت ہو گئی۔

He begged to be saved from some escaped denizen of hell.

اس نے جہنم سے کچھ بچ جانے والے باشندوں سے بچانے کی درخواست کی۔

Regrettably, my uncle did not refer to these cases by name.

افسوس کہ میرے چاچا نے نام سے پر ان مقدمات کا حوالہ نہیں دیا۔

Instead, all studies were given nothing more than a number.

اس کے بجائے، تمام مطالعات کو ایک نمبر سے زیادہ کچھ نہیں دیا گیا تھا۔

This way I was limited in attempting any personal investigation.

اس طرح میں کسی بھی ذاتی تحقیقات کی کوشش میں محدود تھا۔

And corroborating the evidence further was demanding.

اور شواہد کی مزید تصدیق کا مطالبہ کیا گیا۔

But finally I did succeed in tracing down some cases.

لیکن آخر کار میں نے کچھ کہ دیر کا سراغ لگانے میں کامیابی حاصل کی۔

I should have trusted the notes from my uncle.

مجھے اپنے چچا کے نوٹوں پر بھروسہ کرنا چاہیے تھا۔

They reported their dreams true to their reports.

انہوں نے اپنی رپورٹوں کے مطابق اپنے خوابوں کو سچ کر بتایا۔

I have often wondered what they thought the questioning
meant.

میں نے اکثر سوچا ہے کہ ان کے خیال میں سوال کرنے کا کیا مطلب ہے۔

It is for the best that no explanation shall ever reach them.

یہ سب سے بہتر ہے کہ کوئی وضاحت ان تک کبھی بھی نہیں پہنچے گی۔

***

As I have mentioned, my uncle also collected press
clippings.

جیسا کہ میں نے ذکر کیا ہے، میرے چچا نے پریس کلپنگ بھی جمع کی تھی۔

These press clippings corresponded to the dates in question.

یہ پریس تراشے زیر بحث تاریخوں کے مطابق تھے۔

The sources were scattered throughout the globe.

ذرائع دنیا بھر میں بکھرے ہوئے تھے۔

Professor Angell must have employed a cutting bureau.

پروفیسر اینجل نے ایک کٹنگ بیورو کو ملازم کیا ہوگا۔

Because the number of extracts was tremendous.

کیونکہ عبارتوں کی تعداد بہت زیادہ تھی۔

There was a parallel to this part of his research.

ان کی تحقیق کے اس حصے کا ایک ہم روازی تھا۔

Cases of panic, mania, and eccentricity.

گھبراہٹ، جنون، اور سنکی پن کے معاملات۔

One case was a nocturnal suicide in London.

ایک کیس لندن میں رات کے وقت خودکشی کا تھا۔

A lone sleeper had leaped from a window after a shocking
cry.

ایک اکیلا سونے والا چونکا دینے والی چیخ کے بعد ہی کھڑکی سے چھلانگ لگا چکا تھا۔

A rambling letter to the editor of a paper in South America.

جنوبی امریکہ میں ایک مقالے کے ایڈیٹر کو ایک مبہم خط۔

A fanatic deduces a dire future from visions he had had.

ایک جنونی اپنے خوابوں سے خوفناک مستقبل نکالتا ہے۔

A dispatch from California describes a theosophist colony.

کیلیفورنیا سے بھیجی گئی ایک تھیوسوفسٹ کالونی کو بیان کرتی ہے۔

They donned white robes en masse for some "glorious
fulfilment".

انہوں نے کچھ "شاندار تکمیل" کے بڑے پیمانے پر سفید لباس پہنے۔

Although that "glorious fulfilment" never arose.

اگرچہ وہ "شاندار تکمیل" کبھی پیدا نہیں ہوئی۔

There seems to be serious unrest from the natives in India.

ایسا لگتا ہے کہ ہندوستان میں مقامی باشندوں کی طرف سے شدید بے چینی پائی جاتی ہے۔

Voodoo orgies multiplied in Haiti.

ہیٹی میں وودو آرجیہ میں کئی گنا اضافہ ہوا۔

African outposts report ominous mutterings.

افریقی چوکیوں میں بدتمیزی کی اطلاع ہے۔

American officers in the Philippines find certain tribes
bothersome.

فلپائن میں امریکی افسران بعض قبائل کو پریشان کن سمجھتے ہیں۔

New York policemen are mobbed by hysterical Levantines.

نیو یارک کے پولیس اہلکار پر اسرار پو پہائیر کے ہجوم میں ہیں۔

This occurred exactly on the night of March 22-23.

یہ بالکل 22-23 مارچ کی درمیانی شب ہوا تھا۔

The west of Ireland, too, was full of wild rumor and
legendry.

آئرلینڈ کا مغرب بھی جنگلی افواہوں اور افسانوں سے بھرا ہوا تھا۔

A fantastic painter named Ardois-Bonnot made the news in France.

فرانس میں ایک شاندار مصور، آرڈوئس-بونوٹ، نے خبریں بنائیں۔

He hung a blasphemous dream landscape in the Paris spring salon.

اس نے پیرس کے اسپرنگ سیلون میں ایک کفریہ خوابناک خانہ خوابوں کا منظر لٹکایا۔

The recorded troubles in insane asylums were immeasurable.

پاگلوں کی پناہ گاہوں میں ریکارڈ کی گئی مشکلات بے حد تھیں۔

A miracle must have kept the medical fraternities unsuspecting.

ایک معجزہ نے طبیں برادریوں کو غیر مشکوک رکھا ہوگا۔

But they never noted the strange parallelisms of the cases.

لیکن انہوں نے کبھی بھی مقدمات کے عجیب و غریب ہم آہنگی کو نوٹ نہیں کیا۔

Else they too would have come to mystified conclusions.

ورنہ وہ بھی پراسرار نتائج پر پہنچ چکے ہوتے۔

I must confess these were indeed a set of weird paper cuttings.

مجھے اعتراف کرنا چاہیے کہ یہ واقعی عجیب کاغذی کٹنگوں کا ایک سیٹ تھا۔

My uncle had put forward a convincing argument.

میرے چچا نے ایک قابل دلیل پیش کی تھی۔

I can't explain how I set the evidence aside.

میں وضاحت نہیں کر سکتا کہ میں نے ثبوت کو کیسے ایک طرف رکھا۔

But my callous rationalism took the upper hand.

لیکن میری ظالمانہ عقلیت پسندی نے بالادستی حاصل کی۔

And I was still suspicious of the young sculptor, Wilcox.

اور میں ابھی تک نوجوان مجسمہ ساز ولکوکس پر شک تھا۔

He must have known of the older matters mentioned by the professor.

وہ پروفیسر کے بیان کردہ پرانے معاملات سے واقف ہوں گے۔

انسپکٹر لیگراسے کی کہانی

Let me turn your attention away from the young sculptor.

مجھے آپ کی توجہ اس نوجوان مجسمہ ساز سے ہٹانے دو۔

And let us focus on the second half of the manuscript.

اور آئیے خطوطہ کے دوسرے نصف حصے پر توجہ دیں۔

A few dreams alone would not have been so significant.

اکیلے چند خواب اتنے اہم نہیں ہوتے۔

The bas-relief could have been dismissed as a hoax.

بیس ریلیف کو دھوکہ دہی کے طور پر مسترد کیا جا سکتا تھا۔

But my uncle had previously been primed to take interest.

لیکن میرے چاچو پہلے ہی دلچسپی لینے کے لیے تیار کیا گیا تھا۔

Wilcox's dream seemed to have a link to past events.

ولاکوکس کا خواب ماضی کے واقعات سے جڑا ہوا لگتا تھا۔

It wasn't the first time that he had heard that word.

یہ پہلی بار نہیں تھا کہ اس نے وہ لفظ سنا ہو۔

The ominous syllables perhaps written as "Cthulhu".

ناشائستہ حرف شاید "چھوہوو" کے نام سے لکھا جاتا ہے۔

He had seen and heard of similar descriptions before.

اس نے پہلے بھی ایسی ہی تفصیل دیکھی اور سنی تھی۔

The hellish outlines of the nameless monstrosity.

بے نام عفریت کی جہنمی خاکہ۔

He had previously puzzled over the same hieroglyphics.

اس نے پہلے بھی اسی میرو کلیفکس پر اپھا دماغ تھا۔

All this produced a horrible connection of events.

اس سب نے واقعات کا ایک خوفناک تعلق پیدا کیا۔

It is no wonder he pursued young Wilcox with queries.

یہ کوئی تعجب کی بات نہیں ہے کہ اس نے سوالات کے ساتھ نوجوان ولاکوکس کا تعاقب کیا۔

And we must not be surprised he interrogated Wilcox so.

اور ہمیں حیران نہیں ہونا چاہیے کہ اس نے ول کاکس سے اس طرح پوچھ گچھ کی۔

This earlier experience had come in the year of 1908.

میرا پہلا تجربہ 1908 میں ہوا تھا۔

Seventeen years before Wilcox came to my great-uncle.

ول کاکس میرے چچا کے پاس آنے سے سترہ سال پہلے۔

The archeological society were meeting in St. Louis.

آرکیالوجیکل سوسائٹی سینٹ لوئس میں میٹنگ کر رہی تھی۔

Professor Angell had a prominent part in the deliberations.

پروفیسر اے جل نے بحث میں نمایاں حصہ لیا۔

His responsibilities befitted one of his authority.

اس کی ذمہ داریاں اس کے اختیارات میں سے ایک کے لیے موزوں تھیں۔

He was one of the first to be approached by several
outsiders.

وہ ان پہلے لوگوں میں سے ایک تھا جن سے کئی ماہر کے لوگ رابطہ کرتے تھے۔

They took advantage of the convocation to offer questions.

انہوں نے کانووکیشن کا فائدہ اٹھاتے ہوئے سوالات کی پیش کش کی۔

They hoped for correct answering from an expert.

انہوں نے کسی ماہر سے درست جواب کی امید کی۔

They each had very peculiar types of problems.

ان میں سے ہر ایک کو بہت ہی چیست قسم کے مسائل درپیش تھے۔

And they required very different types of solutions.

اور انہیں بہت مختلف قسم کے حل درکار تھے۔

The chief of these was a common-looking middle-aged man.

ان میں سردار ایک عام نظر آنے والا ادھیڑ عمر آدمی تھا۔

And he quickly became the meeting's focus of interest.

اور وہ تیزی سے میٹنگ کی دلچسپی کا مرکز بن گیا۔

***

He had traveled to St. Louis all the way from New Orleans.

اس نے یہ ورلڈ اور اینڈرے سے میورے راستے سینٹ روئس کا سینر کھا تھا۔

He had come to the meeting for special information.

وہ ملاقات میں خصوصی معلومات کے لیے سپے آئے تھے۔

Knowledge that could not be unobtained from local source.

وہ علم جو مقامی ذرائع سے حاصل نہ کیا جا سکے۔

His name was John Raymond Legrasse, police inspector.

اس کا نام جان ریمنڈ لیگراس تھا، پولیس انسپکٹر۔

He bore with him the mysterious subject of his inquiries.

اس نے اس کے ساتھ اپنی پوچھ گچھ کا پراسرار موضوع اٹھایا۔

A grotesque and apparently very ancient stone statuette.

ایک بھیانک و غریب اور بظاہر بہت قدیم پتھر کا مجسمہ۔

A statuette whose origin no one had been able to determine.

ایک مجسمہ جس کی اصلیت کا کوئی تعین نہیں کر سکا تھا۔

But don't assume Inspector Legrasse was an archeologist.

لیکن مت سمجھے کہ انسپکٹر لیگراس ایک ماہر آثار قدیمہ تھا۔

He had very little interest in archeology, nor mythology.

اسے آثار قدیمہ میں بہت کم دلچسپی تھی اور نہ ہی دیومالاؤں میں۔

His wish for enlightenment had rather different
motivations.

روشن خیالی کی اس کی خواہش کے پیچھے مختلف محرکات تھے۔

He was prompted to come by purely professional
considerations.

اسے خالصتاً پیشہ ورانہ تحفظات کے پیش نظر آنے کا اشارہ کیا گیا۔

The statuette had been captured as part of a police raid.

یہ مجسمہ پولیس کے چھاپے کے ایک حصے کے طور پر تحویل میں لیا گیا تھا۔

Although whether it was even a statuette wasn't determined.

اگرچہ یہ ایک مجسمہ ہی تھا یا نہیں اس کا تعین نہیں کیا گیا تھا۔

It could also have been an idol, magic fetish, or charm.

یہ ایک بت، جادو پرستش، یا تعویذ بھی ہو سکتا ہے۔

Whatever it was, it had been captured some months previously.

جو بھی تھا، اسے کچھ مہینے پہلے ہی پکڑا گیا تھا۔

A meeting was being held in the wooded swamps of New Orleans.

نیو اورلینز کے جنگلاتی دلدل میں ایک میٹنگ ہو رہی تھی۔

The police had been tipped of about a supposed voodoo meeting.

پولیس کو وودو میٹنگ کے بارے میں اطلاع دی تھی۔

Strange and hideous rites connected with the voodoo circle.

وودو دائرے سے جڑے ہوئے عجیب اور بھیانک رسومات۔

The police could not but realize what they had stumbled on.

پولیس کو یہ احساس نہیں ہو سکا کہ انہوں نے کیا ٹھوکر کھائی۔

A dark cult previously totally unknown to the authorities.

ایک تاریک فرقہ جو پہلے حکام کے لیے بالکل نامعلوم تھا۔

Infinitely more sinister than what an outsider could expect.

لامحدود طور پر اس سے کہیں زیادہ خطرناک ہے جس کی ایک باہری شخص توقع کر سکتا ہے۔

More diabolic than the blackest of the African voodoo circles.

افریقی وودو حلقوں کے سیاہ ترین سے زیادہ شیطانی۔

Unbelievable tales were extorted from the captured cult members.

پکڑے گئے فرقے کے ارکان سے ناقابل یقین کہانیاں چھین لی گئیں۔

But nothing of the relic's origin could be discovered.

لیکن آثار کی اصل کے بارے میں کچھ بھی دریافت نہیں کیا جا سکا۔

Hence the anxiety of the police for any antiquarian lore.

اس لیے کسی بھی روایات کے لیے پولیس کی بے چینی۔

Ancient mythology might explain the frightful symbol.

قدیم افسانہ خوفناک علامت کی وضاحت کر سکتا ہے۔

Deeper knowledge could perhaps track the fountain-head.

گہرا علم شاید فاونٹین ہیڈ کو ٹریک کر سکتا ہے۔

Inspector Legrasse was not prepared for the excitement he created.

انسپکٹر لیگراس اس اپنے جوش و خروش کے لیے تیار نہیں تھا۔

One sight of the mysterious object was all that was required.

پراسرار چیز کا ایک ہی نظارہ مطلوب تھا۔

The assembled men of science were filled with curiosity.

سائنس کے جمع افراد تجسس سے بھرے ہوئے تھے۔

They lost no time in crowding closely around the inspector.

انہوں نے انسپکٹر کے اردگرد ایک بھیڑ لگانے میں کوئی وقت ضائع نہیں کیا۔

And they all tried to get the best look at the diminutive figure.

اور ان سب نے دیہی شخصیت کو بہترین انداز میں دیکھنے کی کوشش کی۔

***

The genuinely abysmal antiquity inspired wild imagination.

حقیقتی طور پر غیر موزوں قدامت نے جنگلی تخیل کو متاثر کیا۔

The strangeness hinted so potently at unopened and archaic vistas.

عجیب و غریبیت نے نہ کھولے ہوئے اور قدیم مناظروں کی طرف اشارہ کیا۔

No recognized school of sculpture had animated this terrible object.

مجسمہ سازی کے کسی بھی تسلیم شدہ اسکول نے اس خوفناک چیز کو متحرک نہیں کیا تھا۔

Yet centuries seemed recorded in the dim and greenish surface.

پھر بھی دھندلی اور سبز سطح میں صدماں ریکارڈنی گئی تھیں۔

Perhaps thousands of years were hidden in this unplaceable stone.

شاید اس ناقابل جگہ پتھر میں ہزاروں سال چھپے ہوئے تھے۔

The figurine was finally passed slowly from man to man.

مجسمہ آخر کار آہستہ آہستہ انسان سے دوسرے انسان تک پہنچا۔

Each scientist carefully studied the strange markings of the stone.

ہر سائنسدان نے پتھر کے عجیب و غریب نشانات کا بغور مطالعہ کیا۔

The work was between seven and eight inches in height.

کام کی اونچائی سات سے آٹھ اِچ کے درمیان تھی۔

And the exquisite artistic workmanship must be noted.

اور شاندار منکارانہ کاریگری کو نوٹ کرنا ضروری ہے۔

The carvings represented a monster of vaguely anthropoid outline.

نقش و نگار مبہم طور پر انسان نما خاکے کے ایک عفریت کی نمائندگی کرتے تھے۔

On the face of the octopus-esque head was a mass of feelers.

آکٹوپس کے سر کے چہرے پر محسوس کرنے والوں کا ایک مجموعہ تھا۔

Prodigious claws on hind and fore feet protruded from the body.

پچھلے اور اگلے پیروں پر شاندار پنجے جسم سے نکلے ہوئے ہیں۔

The bloated corpulence had a rubbery looking quality to it.

پھولے ہوئے جسم میں ایک ربڑ کی کیفیت تھی جو اسے دیکھنے میں ابھری لگتی تھی۔

And from behind the rubbery body came out two narrow wings.

اور ربڑ کے جسم کے پیچھے سے دو تنگ پنکھ نکلے۔

It would be instinctual to think of this thing as fearsome.

اس چیز کو خوفناک سوچنا فطری ہوگا۔

There was an unnatural malignancy to the aura of the creature.

مخلوق کی آغوش میں ایک غیر فطری بدنیتی تھی۔

The gargantuan squatted evilly on a rectangular block.

بڑا آدمی ایک مستطیل بلاک پر بری طرح سے بیٹھ گیا۔

The pedestal it was on was covered with undecipherable characters.

جس پیڈسٹل پر یہ تھا وہ ناقابل فہم کرداروں سے ڈھکا ہوا تھا۔

The tips of the wings touched the back edge of the block.

پروں کے سرے ملاک کے پہلو کنارے کو چھوتے تھے۔

The creature was sitting on the middle of the giant block.

دوسرے پل ملاک کے بیچوں بیچ مخلوق بیٹھی تھی۔

Its legs were doubled up under its monstrous body.

اس کی ٹانگیں اس کے شیطانی جسم کے نیچے دگنی ہو گئی تھیں۔

The long, curved claws gripped the front edge of the cliff.

لمبے، خم دار پنجوں نے چٹان کے اگلے کنارے کو اپنی گرفت میں لے لیا۔

The cephalopod head was bent forward, observing its kingdom.

سیفالوپڈ کا سر اپنی بادشاہی کا مشاہدہ کرتے ہوئے آگے جھکا ہوا تھا۔

The ends of the facial feelers brushed the backs of huge forepaws.

چہرے کے محسوس کرنے والوں کے سروں نے بڑی پیشانی کی پشت کو صاف کیا۔

And the forepaws clasped the croucher's elevated knees.

اور پیشانی نے سراونچے کے اوپر پھنڈوں کو جکڑ لیا۔

The appearance of the grotesque scene was abnormally lifelike.

عجیب و غریب منظر کی ظاہری شکل غیر معروف طور پر جاندار تھی۔

But this lifelike quality only added a subtle reason to be more fearful.

لیکن اس زندگی جیسے معیار نے ہمہ خوفزدہ ہونے کی ایک لطیف وجہ کا اضافہ کیا۔

Because we knew nothing about the source of the depiction.

کیونکہ ہم تصویر کے ماخذ کے بارے میں کچھ نہیں جانتے تھے۔

The creature's vast, awesome, and incalculable age was unmistakable.

اس مخلوق کی وسیع، لاجواب اور بے حساب عمر بے شمار تھی۔

But not one link did the depiction show with any known type of art.

لیکن کسی بھی معروف قسم کے فن کے ساتھ عکاسی کا ایک لنک نہیں دکھایا گیا۔

Not even the earliest civilizations made reference to this creature.

قدیم ترین تہذیبوں سے بھی اس مخلوق کا حوالہ نہیں دیا۔

But that is not the only point at which our knowledge failed us.

لیکن یہ واحد نقطہ نہیں ہے جس پر ہمارا علم ہمیں ناکام بناتا ہے۔

***

The mineralogy of the stone was also a complete mystery.

پتھر کی معدنیات بھی ایک پہیلی معمہ تھی۔

Gold specks dotted the soapy, greenish-black stone.

سونے کے دھبوں نے صابن والے، سبز مائل سیاہ پتھر پر نقطے لگائے تھے۔

Iridescent striations ran along the length of the stone.

پتھر کی لمبائی کے ساتھ ساتھ دھبے دمک رہے تھے۔

In short, the stone resembled nothing within mineralogy.

مختصراً کہ پتھر معدنیات کے اندر کسی چیز سے مشابہت نہیں رکھتا تھا۔

Geologists hadn't been able to identify the stone either.

ماہرین ارضیات بھی اس پتھر کی شناخت نہیں کر سکے تھے۔

The hieroglyphs along the stone were equally baffling.

پتھر کے ساتھ میر وگلائفس بھی اتنے ہی حیران کن تھے۔

The writing system was horribly different than other scripts.

تحریر کا نظام دیگر رسم الخط سے خوفناک حد تک مختلف تھا۔

A representation of half the world's leading experts was present.

نصف دنیا کے معروف ماہرین کی نمائندگی موجود تھی۔

But no link to any known writing system could be established.

لیکن کسی بھی معروف تحریری نظام سے کوئی ربط قائم نہیں ہو سکا۔

Everything frightfully suggested an old and unhallowed cycle of life.

ہر چیز نے خوفناک طور پر زندگی کے ایک پرانے اور غیر مقدس چکر کا مشورہ دیا۔

A history in which our world and our conceptions played no part.

ایک ایسی تاریخ جس میں ہماری دنیا اور ہمارے تصورات نے کوئی حصہ نہیں لیا۔

The experts shook their heads, admitting they had been defeated.

ماہرین نے سر ہلا کر تسلیم کیا کہ وہ شکست سہا چکے ہیں۔

But one expert did not give up quite so quickly.

لیکن ایک ماہر نے اتنی جلدی بہت نہیں ہاری۔

He claimed to have a touch of bizarre familiarity with the subject.

اس نے دعویٰ کیا کہ اس موضوع سے چھوٹ سے غریب واقفیت ہے۔

The monstrous shape and writing weren't entirely new to him.

شیطانی شکل اور تحریر اس کے لیے بالکل نئی نہیں تھی۔

With some diffidence he told of the odd trifle he knew.

کچھ تذبذب کے ساتھ اس نے اس چھوٹ سے غریب چیز کے بارے میں بتایا جو وہ جانتا تھا۔

This person was the late William Channing Webb.

یہ شخص مرحوم ولیم چھینگ ویب تھا۔

He was professor of anthropology in Princeton University.

وہ پرنسٹن یونیورسٹی میں بشریات کے پروفیسر تھے۔

And he was an explorer of no small significance.

اور وہ کوئی معمولی اہمیت کا متلاشی تھا۔

***

Forty-eight years ago he was exploring Greenland and Iceland.

اڑتالیس سال پہلے وہ گرین لینڈ اور آئس لینڈ کی سیر کر رہا تھا۔

His group were in search of some Runic inscriptions.

اس کے روہ کچھ رونیک تحریروں کی تلاش میں تھا۔

But the expedition failed to unearth any inscriptions.

لیکن مہم کہیں بھی نوشتہ جات کا پتہ لگانے میں ناکام رہی۔

They trekked the heights of West Greenland's coasts.

انہوں نے مغربی گرین لینڈ کے ساحلوں کی بلندیوں کو ٹریک کیا۔

Here they encountered a strange cult of degenerate Eskimos.

یہاں ان کا سامنا انحطاط پذیر اسکیموس کے ایک عجیب پرستوں سے ہوا۔

Their religion consisted of a form of devil-worship.

ان کا مذہب شیطان کی پرستش کی ایک شکل پر مشتمل تھا۔

And their rituals were deliberately bloodthirsty and repulsive.

اور ان کی رسومات جان بوجھ کر خونخوار اور مکروہ تھیں۔

It was a faith of which other Eskimos knew little.

یہ ایک ایسا عقیدہ تھا جس کے بارے میں دوسرے اسکیموس بہت کم جانتے تھے۔

Locals shuddered at the mention of their practices.

مقامی لوگ ان کے طرز عمل کا ذکر سن کر کانب اٹھتے۔

They said their believes came from horribly ancient eons.

انہوں نے کہا کہ ان کے عقائد خوفناک قدیم دور سے آئے ہیں۔

A time before the world as we know it now had ever been made.

دنیا سے ایک وقت پہلے جو ساکہ ہم جانتے ہیں کہ یہ اس سے بھی بنی تھی۔

There were human sacrifices and queer hereditary rituals.

انسانی قربانیاں تھیں اور چیہب موروثی رسومات۔

And all their worship was directed at a supreme tornasuk.

اور ان کی تمام عبادات کا دارومدار ایک اعلیٰ ترین طوفان پر تھا۔

Professor Webb had taken a phonetic copy from an aged angekok.

پروفیسر ویب نے ایک بوڑھے اینجیکوک سے ڈھنگ کاپی لی تھی۔

He had transcribed the wizard-priest's chants as best he could.

اس نے جادوگر مادری کے نعروں کو جتنا ممکن تھا رقم نقل کیا تھا۔

But currently these transcriptions weren't of prime significance.

لیکن فی الحال ان رقصوں کی کوئی اہمیت نہیں تھی۔

The cult had a cherished stone that they worshipped.

اس بزرگ کے پاس ایک پیارا پتھر تھا جس کی وہ پوجا کرتے تھے۔

They danced wildly when the aurora leaped over the ice cliffs.

جب ارورہ برف کی چٹانوں پر چھلانگ لگاتی تھی تو وہ بے حد رقص کرتے تھے۔

And in the midst of their dance was the strange stone.

اور ان کے رقص کے بیچ میں پُراسرار پتھر تھا۔

It was, the professor stated, a very crude bas-relief of stone.

یہ، پروفیسر نے کہا، پتھر کی ایک بہت ہی خام بنیاد تھی۔

The stone comprised a hideous picture and some cryptic writing.

پتھر میں ایک خوفناک تصویر اور کچھ خفیہ تحریر تھی۔

And as far as he could tell this stone was a rough parallel.

اور جہاں تک وہ بتا سکتا تھا یہ پتھر ایک ہمہ پہلو دراہہ موازی تھا۔

The stone had all the same essential features of bestial things.

پتھر میں حیوانی چیزوں کی ایک جیسی ضروری خصوصیات تھیں۔

The scientists received this data with suspense and astonishment.

سائنسدانوں کو یہ ڈیٹا سسپنس اور حیرانی کے ساتھ ملا۔

Even Inspector Legrasse had quickly gained an interest in mythology.

یہاں تک کہ انسپکٹر لیگراسے نے بھی جلدی ہی افسانوں میں دلچسپی پیدا کر لی تھی۔

And he began at once to ply his informant with questions.

اور اس نے فوراً ہی اپنے مخبر کو سوالات کے جوابات دینا شروع کر دیے۔

He had notes of the oral ritual of the cult-worshipers in the swamp.

اس کے پاس دلدل میں بزرگ کے پرستاروں کی زبانی رسم کے نوٹ تھے۔

He besought the professor to remember the diabolist Eskimos' chants.

اس نے پروفیسر سے ارتجاحی کہ وہ ڈائریسٹ اک بوس کے نیرے ماد رہوں۔

There then followed an exhaustive comparison of details.

اس کے بعد تفصیلات کا ایک مکمل موازنہ کیا گیا۔

And there then followed a moment of really awed silence.

اور پھر ایک سے کے بعد واقعی خوفناک خاموشی چھا گئی۔

The Eskimo wizards and the Louisiana swamp-priests were worlds apart.

اسکیمو جادوگر اور لوزمانا کے دلدل کے پجاری دنیا سے الگ تھو۔

And yet there was a phrase the two hellish rituals had in common.

اور پھر بھی ایک جملہ تھا جو دونوں جہنمی رسومات میں مشترک تھا۔

"Ph'nglui mglw'nafh Cthulhu R'lyeh wgah'nagl fhtagn."

"نگلوئی مگلونافہ چھ تھولہو رح وگہ نائل ہہگن۔"

***

Legrasse had one advantage over Professor Webb.

لیگران کو پروفیسر ویب پر ایک فائدہ تھا۔

He had spoken to several of his mongrel prisoners.

اس نے اپنے کئی قیدوں سے بات کی تھی۔

Some of them had passed on the phrase's meaning.

ان میں سے کچھ اس جملے کے معنی پر گزر چکے تھو۔

"In his house at R'lyeh dead Cthulhu waits dreaming."

"رلیہ میں اپنے گھر میں مردہ چھ تھولہو خواب دیکھنے کا انتظار کر رہا ہے۔"

So the attention turned back to Inspector Legrasse.

لہذا توجہ انسپکٹر لیگرسے کی طرف موڑ دی گئی۔

And he was probed with many disconnected questions.

اور اس سے بہت سے منقطع سوالات کی تحقیقات کی گئیں۔

He detailed his experience with the worshipers from the swamp.

اس نے دلدل سے جنازوں کے ساتھ اپنے چکر کے واقعہ پل سے بتایا۔

My uncle attached profound significance to the story.

میرے چچا نے کہانی کو گہری اہمیت دی۔

The report savored of the wildest dreams of myth-makers.

اس رپورٹ میں افسانہ نگاروں کے خوابوں کا پرہ چڑھایا گیا۔

Theosophists could not have provided more imagination.

تھیوسوفسٹ اس سے زیادہ تخیل پیرا ہم نہیں کر سکتے تھے۔

But the philosophies came from unexpected sources.

لیکن فلسفے غیر متوقع ذرائع سے آئے۔

Half-castes and pariahs told these fantastical stories.

آدھی ذاتوں اور پریوں نے یہ لاجواب کہانیاں سنائیں۔

On November 1st, 1907, his chain of events unfolded.

یکم نومبر 1907 کو ان کے واقعات کا سلسلہ چلا۔

The New Orleans police received desperate calls.

نیو اورلینز پولیس کو مایوسی کی کالیں موصول ہوئیں۔

They were called to the swamp and lagoon country to the south.

انہیں جنوب میں دلدل اور جھیل والے ملک میں بلایا گیا تھا۔

The settlers there were mostly primitive, but good-natured.

وہاں کے آباد کار زیادہ تر قدیم، لیکن نیک فطرت تھے۔

Most living by the swamp were descendants of Lafitte's men.

دلدل میں رہنے والے زیادہ تر لوگ لافٹ کے مردوں کی اولاد تھے۔

But now they were in the grip of stark terror.

لیکن اب وہ سخت دہشت کی گرفت میں تھے۔

An unknown thing had stolen upon them in the night.

رات کو کوئی انجان چیز ان پر چوری ہو گئی۔

It was voodoo, apparently, that caused the disturbance.

یہ وودو تھا، بظاہر، جس کی وجہ سے خلل پڑا۔

But it was a voodoo unlike the other forms of voodoo.

لیکن یہ وودو کی دوسری شکلوں سے بہت زیادہ کس وودو تھا۔

Voodoo of a more terrible sort than they had ever known.

اس سے کہیں زیادہ خوفناک قسم کا وودو جسے وہ میں نہیں جانتے تھے۔

Some of their women and children had disappeared.

ان میں سے کچھ خواتین اور بچے غائب ہو چکے تھے۔

A malevolent drumming had begun its incessant beating.

ایک مدہیم ڈھول بجانے کے بعد اس کی مسلسل دھڑکن شروع ہو گئی تھی۔

Far and deep within those dark, black haunted woods.

ان تاریک، سیاہ پُر بیداد ت جنگلوں کے اندر دور تک۔

There, where no dweller dared to ventured close to.

وہاں، جہاں کوئی باشندہ قریب جانے کی ہمت نہیں کرتا تھا۔

There were insane shouts and harrowing screams.

دیوانہ وار چیخیں اور خوفناک چیخیں تھیں۔

Soul-chilling chants and dancing devil-flames.

روح کو ٹھنڈا کر دینے والے نعرے اور شیطانی شعلوں کا رقص۔

The messenger and his people could stand it no more.

رسول اور اس کی قوم اسے مزید برداشت نہیں کر سکتی تھی۔

A body of twenty police set out in the late afternoon.

دوپہر کے آخر میں بیس پولیس کی ایک لاش نکلی۔

And a shivering settler came with them as a guide.

اور ایک کانپتا ہوا آبادکار ان کے ساتھ رہنما کے طور پر آیا۔

***

At the end of the passable road they alighted.

گزرنے کے قابل سڑک کے اختتام پر وہ اتر گئے۔

For miles and miles they splashed on in silence.

میلوں میلوں تک وہ خاموشی میں چھپکتے رہے۔

And they went on through the terrible cypress woods.

اور وہ صدیوں سے خوفناک جنگل میں سے گزر رہے۔

Dark, dark woods in which day but almost never came.

تاریک، تاریک جنگل جس میں دن لیکن تقریباً کبھی بھی نہیں آئے۔

Ugly roots set traps for them in the wet ground.

بدصورت جڑیں گیلی زمین میں ان کے لیے جال بچھا دیتی ہیں۔

Malignant hanging nooses of Spanish moss beset them.

ہسپانوی کائی کے مہلک لٹکتے پھندے انہیں گھیر لیتے ہیں۔

In the distance the settlement slowly came into sight.

دور سے بستی آہستہ آہستہ نظر آنے لگی۔

Hysterical dwellers ran out of the miserable huts.

پراسرار رہنے والے دہریں جھونپڑوں سے باہر بھاگ گئے۔

They clustered around the group of bobbing lanterns.

وہ ہلتی لالٹینوں کے گروپ کے اردگرد جمع ہو گئے۔

Far, far ahead the cause of all the fear could be heard.

دور، بہت آگے تمام خوف کی وجہ سنی جا سکتی تھی۔

The muffled beat of drums was now faintly audible.

ڈھول کی دھیمی تھاپ اب ہلکی سی سنائی دے رہی تھی۔

At times the wind shifted and revealed different sounds.

بعض اوقات ہوا نے حرکت کی اور مختلف آوازیں ظاہر کیں۔

Curdling shrieks were audible at infrequent intervals.

خوفزدہ کر دینے والی چیخیں کبھی کبھار وقفے وقفے سے دھلائی کی آوازیں سنائی دیتی تھیں۔

A reddish glare seemed to filter through the undergrowth.

ایک سرخی مائل چمک اندرونی راوتھ میں سے چھانتی ہوئی دکھائی دیتی تھی۔

The settlers were reluctant to be left alone again.

آبادکار دوبارہ تنہا رہنے سے گریزاں تھے۔

But they point blank refused to move forwards either.

لیکن انہوں نے خالی اشارہ کرتے ہوئے آگے بڑھنے سے انکار کر دیا۔

So the inspector and his colleagues plunged on unguided.

چنانچہ انسپکٹر اور اس کے ساتھی بے راہ روی پر کود پڑے۔

And they went into the black arcades of horror.

اور وہ خوف کے سیاہ آرکیڈز میں چلے گئے۔

The region was one of traditionally evil repute.

یہ علاقہ روایتی طور پر بری شہرت میں سے ایک تھا۔

The lands were substantially unknown by white men.

زمینیں سفید فاموں کے ذریعہ کافی حد تک نامعلوم تھیں۔

Not many explorers had traversed those regions yet.

ابھی تک بہت سے متلاشیوں نے ان علاقوں کو زیادہ عبور کیا تھا۔

There were also legends of a hidden away lake.

ایک چھپی ہوئی جھیل کے افسانے بھی تھے۔

A body of water still unglimpsed by mortal sight.

پانی کا ایک جسم اس بھی فانی نظروں سے بے نیاز ہے۔

In the lake it was said there dwelt a strange creature.

کہا جاتا ہے کہ جھیل میں ایک عجیب و غریب مخلوق رہتی تھی۔

A huge, formless white polypous thing with luminous eye.

چمکیلی آنکھ کے ساتھ ایک بہت بڑی، بے شکل سفید بوس چیز۔

And settlers whispered about bat-winged devils.

اور آبادکاروں نے چمگادڑ کے پروں والے شیطانوں کے بارے میں سرگوشی کی۔

They flew up out of caverns from the inner earth.

وہ اندرونی زمین سے غاروں سے باہر اڑ گئے۔

And together the demons worship it at midnight.

اور آدھی رات کو اس کی عبادت کرتے ہیں۔

They said it had been there before D'Iberville.

انہوں نے کہا کہ یہ ڈیرویل سے پہلے بھی موجود تھا۔

They said it had been there before La Salle too.

ان کا کہنا تھا کہ یہ لا سالے سے پہلے بھی موجود تھا۔

They said it was there before the Native Americans.

انہوں نے کہا کہ یہ مقامی امریکیوں سے پہلے موجود تھا۔

Perhaps it was even there before the wholesome beasts.

شاید یہ صحت مند درندوں سے پہلے بھی موجود تھا۔

It was a nightmare itself that made men dream.

یہ خود ایک ڈراؤنا خواب تھا جس نے مردوں کو خواب بھلا دیا۔

And to see the thing was the same as death.

اور دیکھنا بھی موت جیسا ہی تھا۔

And so they had enough warning to know to keep away.

اور اس لیے ان کے پاس دور رہنے کے لیے کافی تنبیہ تھی۔

Because it was indeed where they were warned it was.

کیونکہ وہ جگہ تھی جہاں انہیں خبردار کیا گیا تھا۔

The voodoo orgy was on the fringe of this abhorred area.

وودو ننگا ناچ اس پُرمکروہ علاقے کے کنارے پر تھا۔

But the location was already bad enough by itself.

لیکن مقام پہلے سے ہی کافی خوفناک تھا۔

The voodoo activities only added to the horror.

وودو سرگرمیوں نے صرف وحشت میں اضافہ کیا۔

Perhaps poetry could do justice to the noises heard.

شاید شاعری سنائی دینے والی آوازوں کے ساتھ انصاف کر سکے۔

Otherwise only madness would help one understand.

ورنہ صرف پاگل پن ہی سمجھنے میں مدد دے گا۔

But Legrasse's plowed on through the black morass.

لیکن لیگراس نے اس کالی دلدل میں ہل چلا دیا۔

The sound of the muffled drumming slowly crystalized.

دبے ہوئے ڈھول کی آواز دھیرے دھیرے ہر سمت پھیل ہو گئی۔

And they continued steadily towards the red glare.

اور وہ مسلسل سرخ چمک کی طرف بڑھتے رہے۔

***

There are vocal qualities specific to men.

مردوں کے لیے مخصوص آوازی خصوصیات ہیں۔

And there are vocal qualities specific to beasts.

اور حیوانوں کے لیے مخصوص آوازی خصوصیات ہیں۔

It is terrible when one makes the sounds of the other.

یہ خوفناک ہوتا ہے جب ایک دوسرے کی آوازیں نکالتا ہے۔

Animal fury freed them of their human restraint.

جانوروں کے غیظ نے انہیں ان کے انسانی ضبط سے آزاد کر دیا۔

Orgiastic license whipped them into demoniac heights.

آرگی سٹک لائسنس نے انہیں شیطانی بلندیوں تک پہنچا دیا۔

Howls that tore through those perpetually dark woods.

چیخیں جو ان تاریک جنگلوں کو چِھار رہی ہیں۔

Squawking ecstasies that echoed in everyone's mind.

ہر ایک کے ذہن میں گونجنے والی خوشی بھناماں۔

Sounds like pestilential tempests from the gulfs of hell.

جہنم کی خلیجوں سے مہلک طوفان کی طرح آوازیں آتی ہیں۔

Now and then the less organized ululations would cease.

اب اور پھر کم نظام یخ و پکار بند ہو جاتی۔

A well-drilled chorus of hoarse voices rose in singsong:

گانے میں مشقی آوازوں کا ایک ۔۔۔ ھی طرح سے ڈرل شدہ کورس بلند ہوا۔

And they chanted that hideous phrase of their ritual.

اور انہوں نے اپنی رسم کا وہ مہناونا جملہ بولا۔

"Ph'nglui mglw'nafh Cthulhu R'lyeh wgah'nagl fhtagn"

"نگلوئی مگلوناف چھولہو رِلح وگہ ناگل فہتگن"

Then the men reached a spot where the trees were sparser.

پھر آدمی ایک جگہ پر پہنچے جہاں درخت کم تھے۔

Suddenly they come in sight of the spectacle itself.

اچانک وہ خود تماشے کی زد میں آ جاتے ہیں۔

Four of them reeled from the horrible things they saw.

ان میں سے چار خوفناک چیزوں کو دیکھ کر بھاگ گئے۔

One man fainted, and two were shaken into a frantic cry.

ایک آدمی بے ہوش ہو گیا، اور دو چیخ و پکار میں بل گئے۔

Fortunately their screams were not heard by other ears.

خوش ہے ہنسی سے ان کی چیخیں دوسرے کاروں سے نہیں سنی تھیں۔

The mad cacophony of the orgy deadened their screams.

بنگا ناچ کے پاگل پن نے ان کی چیخوں کو بے جان کر دیا۔

Legrasse splashed swamp water on the fainting man.

لیگرے سے نے بیہوش آدمی پر دلدل کا پانی چھرک دیا۔

They stood up again, but nearly hypnotized with horror.

وہ پھر سے کھڑے ہو گئے، لیکن تقریباً دہشت سے ہپناٹائز ہو گئے۔

In a natural glade of the swamp stood a grassy island.

دلدل کے قدرتی گلیڈ میں ایک گھاس والا جزیرہ موجود تھا۔

The grassy island extended perhaps for an acre.

گھاس دار جزیرہ شاید ایک ایکڑ تک پھیلا ہوا تھا۔

And the area was clear of trees and tolerably dry.

اور علاقہ درختوں سے صاف اور قابل برداشت خشک تھا۔

A horde of human abnormality leaped and twisted.

انسانی اسامانیتا کا ایک ہجوم اچھل کر مڑ گیا۔

No Sime could paint what the men were seeing.

کوئی سیم ایسے پینٹ نہیں کر سکتا تھا جو مرد دیکھ رہے تھے۔

No Angarola has ever painted such an indescribable scene.

کسی انگارولا نے ایسا ناقابل بیان منظر کبھی نہیں پینٹ کیا ہے۔

The hybrid spawn made a monstrous ring-shaped bonfire.

ہائبرڈ سپون نے ایک راکھشس امڈوتھی سی شکل کا الاؤ بنایا۔

They brayed bellowed and writhed about in their nudity.

وہ اپنی عریانیت میں چلاہٹ اور چھلارے تھے۔

Occasionally there were rifts in the curtain of flame.

کبھی کبھار شعلے کے پردے میں دراڑیں پڑ جاتی تھیں۔

And there the object of their worship revealed itself.

اور وہیں ان کی عبادت کا مقصد خود ظاہر ہوا۔

In the midst of the fire stood a great granite monolith.

آگ کے درمیان ایک عظیم گرینائٹ میک مینی ہو را تھا۔

The stone structure was only about eight feet in height.

پتھر کے ڈھانچے کی اونچائی صرف آٹھ فٹ تھی۔

And the noxious carven statuette rested on the monolith.

اور ناقص تراشی ہوئی چہرہ مک سہیلی پر ٹکا ہوا تھا۔

The idle was almost incongruous in its diminutiveness.

بکار اس کے کم ہونے میں تقریبا متضاد تھا۔

Spaced evenly, scaffolds had been erected around the fire.

یکساں فاصلہ پر، آگ کے اردگرد سہاروں کو مہرا کیا گیا تھا۔

From the scaffolding hung a number of marred bodies.

سہاروں سے کئی مسخ شدہ لاشیں لٹکی ہوئی تھیں۔

The bodies of those that had disappeared from nearby.

ان لوگوں کی لاشیں جو آس پاس سے غائب تھیں۔

It was inside this circle the ring of worshipers were.

اس دائرے کے اندر پجاریوں کا حلقہ تھا۔

And they roared and jumped in the frantic trance.

اور وہ دھاڑیں مار مار کر جنونی ٹرانس میں کودپڑے۔

The general direction of the motion was anti-clockwise.

حرکت کی عمومی سمت گھڑی کی مخالف تھی۔

The ring of bodies circling around the ring of fire.

آگ کے حلقے کے اردگرد چکر لگانے والی لاشوں کا حلقہ۔

One man recollected other details even more concerning.

ایک آدمی نے اس سے بھی زیادہ اہم تفصیلات یاد کیں۔

But perhaps the echoes induced him to hear other things.

لیکن شاید بازگشت نے اسے دوسری باتیں سننے پر آمادہ کیا۔

He fancied he heard antiphonal responses to the ritual.

اس نے خیال کیا کہ اس نے رسم کے خلاف مخالفانہ ردعمل سنا ہے۔

Noises from an unillumined spot deeper within the woods.

جنگل کے اندر گہرائی میں ایک غیر روشن جگہ سے شور۔

This man, Joseph D. Galvez, I later met and questioned.

یہ آدمی، جوزف ڈی گالویز، میں بعد میں ملا اور سوال کیا۔

And he proved to indeed be distractingly imaginative.

اور اس نے واقعی میں توجہ ہٹانے والی تنہائی صلاحیت ثابت کی۔

He even hinted at the faint beating of great wings.

یہاں تک کہ اس نے بڑے پروں کی بیہوش مار کا اشارہ کیا۔

And he suggested there was a glimpse of shining eyes.

اور اس نے چیو پر کہا کہ چمکتی ہوئی آنکھوں کی ایک جھلک تھی۔

And beyond the trees, a mountainous white bulk of
something.

اور درختوں کے پرے، کسی چیز کا ایک پہاڑی سفید حصہ۔

I suppose he had heard too much native superstition.

مجھے لگتا ہے کہ اس نے بہت زیادہ مقامی توہم پرستی سنی تھی۔

But actually the horrified pause was relatively brief.

لیکن دراصل خوفناک وقفہ نسبتاً مختصر تھا۔

Duty came first, and they had come to do a job.

ڈیوٹی پہلے آئی تھی، اور وہ ایک کام کرنے آئے تھے۔

***

There must have been nearly a hundred mongrel celebrants.

تقریباً ایک سو منگرل منانے والے ہوں گے۔

But the police were able to rely on their firearms.

لیکن پولیس اپنے آتشیں ہتھیاروں پر بھروسہ کرنے میں کامیاب رہی۔

And they plunged determinedly into the nauseous rout.

اور وہ مضبوطی روٹ میں عزم کے ساتھ ڈوب گئے۔

For five minutes the chaotic din was beyond description.

پانچ منٹ تک ابتری کا عالم بیان سے باہر تھا۔

Wild blows were struck and shots were fired.

بے ہنگم ضربیں لگائی گئیں اور گولیاں چلائی گئیں۔

Some escaped arrest by running into the darkness.

کچھ اندھیرے میں بھاگ کر گرفتاری سے بچ گئے۔

They had a better knowledge of the layout of the swamp.

ان میں دلدل ہی ترتیب سے کا بہتر علم تھا۔

But Legrasse and his men caught around half of them.

لیکن لیگراس اور اس کے آدمیوں نے ان میں سے صرف کو پکڑ لیا۔

And they counted around forty-seven sullen prisoners.

اور انہوں نے تقریباً سینتالیس اداس قیدوں کی گنتی کی۔

They were forced to put on their clothes again.

انہیں دوبارہ کپڑے پہننے پر مجبور کیا گیا۔

And they fell into line between two rows of policemen.

اور وہ پولیس والوں کی دو قطاروں کے درمیان لگ گئے۔

Five of the worshipers lay dead by the fire.

عبادت گزاروں میں سے پانچ آگ کے پاس مردہ پڑے تھے۔

Two severely wounded prisoners were carried away.

دو شدید زخمی قیدی لے جائے گئے۔

Of course the image on the monolith was removed.

یقیناً یک سنگی پر موجود تصویر کو ہٹا دیا گیا تھا۔

Legrasse himself took the evidence to the police station.

لیگراس خود ثبوت کے ساتھ تھانے پہنچ گئے۔

The trip back to the headquarters was of intense strain.

ہیڈ کوارٹر کا واپسی کا سفر شدید تناؤ کا تھا۔

The men were examined when they got back to civilization.

مردوں کی جانچ کی گئی جب وہ تہذیب میں واپس آئے۔

The prisoners all proved to be men of a very low type.

تمام قیدی انتہائی گھٹیا قسم کے آدمی ثابت ہوئے۔

They were all mixed-blooded, and mentally aberrant.

وہ سب ملاوٹ خون والے اور ذہنی طور پر نامور تھے۔

Most were seamen by trade, or some similar professions.

زیادہ تر تجارت مالمچھ اپنی طرح کے پیشوں سے جاہل سے سمندری تھے۔

Negroes and mulattoes were sprinkled among them.

ان کے درمیان حبشیوں اور ملاوٹوں کا چھڑکاؤ کیا گیا۔

But most seemed to be West Indians or Brava Portuguese.

لیکن زیادہ تر ویسٹ انڈین ما براوا پرگاہں یکتے تھے۔

They primarily came from the Cape Verde Islands.

وہ بنیادی طور پر کیپ وردے پر آئرسے آئے تھے۔

They gave the heterogeneous cult a coloring of voodooism.

انہوں نے مرتصاد پرستو کو وودو ازم کا رنگ دیا۔

But there wasn't even a need to ask too many questions.

لیکن زیادہ سوال پرنے کی بھی ضرورت نہیں تھی۔

The conclusion quickly became manifest by itself.

نتیجہ جلد از جلد ظاہر ہو گیا۔

Something far deeper than negro fetishism was involved.

نیگرو فیٹشزم سے کہیں زیادہ گہری چیز شامل تھی۔

Although ignorant, but their story was consistent.

اگرچہ جاہل تھے، لیکن ان کی کہانی میں تسلسل تھا۔

The creatures all spoke of the same central idea.

تمام مخلوقات نے ایک ہی مرکزی خیال کی بات کی۔

They certainly all shared the same loathsome faith.

یقیناً وہ سب ایک ہی گھناؤنے عقیدے میں شریک تھے۔

They worshiped, so they said, the great old ones.

انہوں نے عبادت کی، تو انہوں نے کہا، بڑے پرانے۔

The great old ones lived long before there were any men.

بڑے بوڑھے انسانوں کی موجودگی سے بہت پہلے زندہ تھے۔

And they came to the young world out of the sky.

اور وہ آسمان سے نوجوان دنیا میں آئے۔

Those old ones were now gone, they explained.

وہ بوڑھے اب ختم ہو چکے تھے، انہوں نے وضاحت کی۔

They were now inside the earth and under the sea.

وہ اب زمین کے اندر اور سمندر کے نیچے تھے۔

But their dead bodies found ways to tell their secrets.

لیکن ان کی لاشوں نے اپنے رازبتانے کے طریقے ڈھونڈ لیے۔

They whispered into the dreams of the first men.

انہوں نے پہلے مردوں کے خوابوں میں سرگوشی کی۔

And the first men formed a cult which has never died.

اور پہلے مردوں نے ایک فرقہ بنایا جو کبھی نہیں مرا۔

***

The cult had always existed, and always would exist.

فرقہ ہمیشہ سے موجود تھا، اور ہمیشہ رہے گا۔

Their followers were hidden in wastes all over the world.

ان کے پیروکار دنیا کے کونے کونے میں چھپے ہوئے تھے۔

Their followers were in dark places explorers overlooked.

ان کے پیروکار تاریک جگہوں پر تھے جہاں تلاش کرنے والوں کو نظر انداز کیا جاتا تھا۔

And they would remain hidden until they were called.

اور وہ اس وقت تک پوشیدہ رہیں گے جب تک کہ انہیں بلایا نہ جائے۔

When the great priest Cthulhu rises again to the surface.

جب عظیم مادری چھو لاہو دوبارہ سطح پر اٹھتا ہے۔

When Cthulhu brings the earth again beneath his sway.

جب چھو لاہو زمین کو دوبارہ اپنے زیر اثر لاتا ہے۔

When Cthulhu leaves from his dark house in the mighty city of R'lyeh.

جب چھو لاہو طاقتور شہر رلہ میں اپنے تاریک گھر سے نکلا۔

Some day he was going call, when the stars were ready.

کسی دن وہ بلانے جا رہا تھا، جب ستارے تیار تھے۔

And the secret cult will always be waiting to liberate him.

اور خفیہ فرقہ ہمیشہ اسے آزاد کرنے کا انتظار رہے گا۔

Meanwhile, no more of his story must be told.

دریں اثنا، اس کی مزید کوئی کہانی نہیں بتانی چاہیے۔

There was a secret even torture could not extract.

ایک راز تھا جو اذیت بھی نہیں نکال سکتا تھا۔

Mankind was not alone among the conscious things of earth.

انسان زمین کی با شعور چہروں میں تنہا نہیں تھا۔

Because shapes came out of the dark to visit the faithful few.

کیونکہ شکلیں اندھیرے سے نکل کر وفادار چند لوگوں سے ملنے آئیں۔

But these were not the great old ones.

لیکن یہ بڑے پرانے نہیں تھے۔

No man had ever seen the great old ones.

بڑے بوڑھوں کو یہ ہیں کسی نے نہیں دیکھا تھا۔

The carven idol was of great Cthulhu.

تراشی ہوئی بت عظیم کتھولہو کی تھی۔

None could say whether the others were like him.

کوئی یہ نہیں کہہ سکتا تھا کہ باقی لوگ بھی ان جیسے تھے۔

No one could read the old writing now.

پرانی تحریر اب کوئی نہیں پڑھ سکتا تھا۔

Instead, things were told by word of mouth.

اس کے بجائے، باتیں منہ زبانی بتائی جاتی تھیں۔

The chanted ritual was not the secret.

بھجن کی رسم کوئی راز نہیں تھی۔

The secret was never spoken aloud, only whispered.

راز یہ کبھی بلند آواز میں نہیں کہا جاتا تھا، صرف سرگوشی کی جاتی تھی۔

The chant meant one thing, and one thing alone:

منتر کا مطلب ایک چیز تھا، اور ایک ہی چیز:

"In his house at R'lyeh dead Cthulhu waits dreaming."

"رلیہ میں اپنے گھر میں مردہ چھ تھو لہو خواب دیکھتے ہوئے انتظار کر رہا ہے۔"

Only two of the prisoners were found sane enough to be hanged.

قیدیوں میں سے صرف دو ہی اتنے ہشیار پائے گئے کہ انہیں پھانسی دی جائے۔

The rest of them were committed to various institutions.

باقی مختلف اداروں سے وابستہ تھے۔

All denied to have taken any part in the ritual murders.

سب ہی نے رسمی قتل میں کسی بھی طرح کا حصہ لینے سے انکار کیا۔

They said the killing had been done by something else.

ان کا کہنا تھا کہ قتل کسی اور نے کیا ہے۔

"The black-winged ones," they each insisted, separately.

کالے پروں والے، "ہر ایک نے الگ الگ اصرار کیا۔"

They had come to them from their immemorial meeting-place.

وہ ان کے پرانے جلسہ گاہ سے ان کے پاس آئے تھے۔

They had arisen out from the haunted woodlands.

وہ خوف زدہ جنگلاوں سے نکلے تھے۔

But the stories of mysterious allies were inconsistent.

لیکن پراسرار اتحادیوں کی کہانیاں متضاد تھیں۔

***

What the police did extract came mainly from one man.

پولیس نے جو کچھ نکالا وہ بنیادی طور پر ایک آدمی سے نکلا۔

An immensely aged mestizo named Castro.

کاسترو نامی ایک حد عمر رسیدہ میسترو۔

He claimed to have sailed to strange ports.

اس نے عجیب بندرگاہوں پر سفر کرنے کا دعوی کیا۔

And he said he had been to the mountains of China.

اور اس نے کہا کہ وہ چین کے پہاڑوں پر گیا تھا۔

There he talked with undying leaders of the cult.

وہاں اس نے فرقے کے لازوال رہنماوں سے بات کی۔

Old Castro remembered bits of hideous legend.

پرانے کاسترو کو خوفناک انساے کے ٹکڑے یاد تھے۔

His legends paled the speculations of theosophists.

اس کے افسانوں نے تھیوسوفسٹوں کی قیاس آرائیوں کو مدھم کردیا۔

His stories made man seem like a recent creation.

ان کی کہانیوں نے انسان کو ایک حالیہ تخلیق کی طرح محسوس کیا۔

Even the world was transient in his account of things.

یہاں تک کہ دنیا اس کے حساب کتاب میں عارضی تھی۔

There had been eons when other Things ruled on the earth.

ایسے زمانے گزرے تھے جب زمین پر دوسری چیزوں کا راج تھا۔

And they had had great cities here on the earth.

اور ان کے یہاں زمین پر بڑے بڑے شہر تھے۔

The deathless Chinamen told him reserved secrets.

بے موت چینی مردوں نے اسے محفوظ راز بتائے۔

He had told him their ruins could still be found.

اس نے اسے بتایا تھا کہ ان کے کھنڈرات اب بھی مل سکتے ہیں۔

There were still Cyclopean stones on islands in the Pacific.

بحر الکاہل کے جزیروں پر اب بھی سائیکلوپین پتھر موجود تھے۔

They all died vast epochs of time before man came.

وہ سب انسان کے آنے سے پہلے وقت کے وسیع دور میں مر گئے۔

But there were knowledges and practices in ancients arts.

لیکن قدیم فنون میں علم اور مشقیں تھیں۔

Special rituals which could revive them again, in time.

خصوصی رسومات جو انہیں وقت کے ساتھ دوبارہ زندہ کر سکتی ہیں۔

In the cycle of eternity their return was inevitable.

ابدیت کے چکر میں ان کی واپسی ناگزیر تھی۔

When the stars come round again to the right positions

جب ستارے دوبارہ صحیح پوزیشن پر آتے ہیں۔

They had, indeed themselves come from the stars.

وہ واقعی خود ستاروں سے آئے تھے۔

"These great old ones," Castro continued.

یہ عظیم پرانے، "کاسترو نے جاری رکھا۔"

They were not composed entirely of flesh and blood.

وہ کلی طور پر گوشت اور خون پر مشتمل نہیں تھے۔

They had shape," Castro insisted, confidently.

ان کی شکل تھی، "کاسترو نے اعتماد سے اصرار کیا۔

And he had strange proof for what he believed.

اور اس کے پاس اس بات کا عجیب ثبوت تھا جو وہ مانتا تھا۔

But the shape they took on was not made of matter.

لیکن انہوں نے جو شکل اختیار کی وہ مادے سے نہیں بنی تھی۔

When the stars were in their right positions.

جب ستارے اپنی صحیح پوزیشن پر تھے۔

Then they could plunge from one world to another.

پھر وہ ایک دنیا سے دوسری دنیا میں چھلانگ لگا سکتے تھے۔

Because they can move themselves through the sky.

کیونکہ وہ خود کو آسمان کے ذریعے منتقل کر سکتے ہیں۔

But when the stars were wrong, they cannot live.

لیکن جب ستارے غلط تھے، تو وہ زندہ نہیں رہ سکتے۔

And it is true that they no longer live like we do.

اور یہ سچ ہے کہ وہ اب ہماری طرح نہیں رہتے۔

But despite that, they never really die either.

لیکن اس کے باوجود، وہ واقعی کبھی نہیں مرتے ہیں۔

They rest in stone houses in their great city of R'lyeh.

وہ اپنے عظیم شہر رلح میں پتھر کے گھروں میں آرام کرتے ہیں۔

They are preserved by the spells of mighty Cthulhu.

وہ طاقتور تھولہو کے منتروں سے محفوظ ہیں۔

So there they lie, unaffected by the passing of time.

تو وہ وہاں پڑے رہتے ہیں، وقت گزرنے سے متاثر نہیں ہوتے۔

And they wait for another glorious resurrection.

اور وہ ایک اور شاندار قیامت کا انتظار کرتے ہیں۔

When the stars and earth are ready for them again.

جب ستارے اور زمین دوبارہ ان کے لیے تیار ہوں گے۔

But they are still dependent on an outside force.

لیکن وہ اب بھی بیرونی طاقت پر منحصر ہیں۔

A force from outside served to liberate their bodies.

باہر سے ایک قوت نے ان کے جسموں کو آزاد کرنے کے لیے کام کیا۔

The spells preserved them and kept them intact.

منتروں نے انہیں محفوظ رکھا اور برقرار رکھا۔

But the spells also kept them from breaking free.

لیکن منتروں نے انہیں آزاد ہونے سے بھی روک دیا۔

So they could only lie awake in the dark and think.

اس لیے وہ صرف اندھیرے میں جاگ کر سوچ سکتے تھے۔

***

In the meantime uncounted millions of years rolled by.

اس دوران بے شمار لاکھوں سال گزر گئے۔

They knew all that was occurring in the universe.

وہ سب کچھ جانتے تھے جو کائنات میں ہو رہا ہے۔

Because their mode of speech was transmitted thought.

اس لیے کہ ان کے انداز خطابت میں فکر کی ترسیل ہوتی تھی۔

Even now they were talking in their tombs.

اب بھی وہ اپنی قبروں میں باتیں کر رہے تھے۔

Then, after infinities of chaos, the first men came.

پھر، انتشار کی لامحدودیت کے بعد، پہلا آدمی آئے۔

The great old ones spoke to the sensitive among them.

بڑے بوڑھے ان میں سے حساس لوگوں سے بات کرتے تھے۔

They spoke to them by molding their dreams.

انہوں نے اپنے خوابوں کو ڈھال کر ان سے بات کی۔

Only that way could their language reach the fleshly minds
of mammals.

صرف اسی طریقے سے ان کی زبان حاملہ جانوروں کے جسمانی ذہنوں تک پہنچ سکتی تھی۔

Then, whispered Castro, those first men formed the cult.

پھر، کاسترو نے سرگوشی کی، ان پہلے مردوں نے فرقہ تشکیل دے دیا۔

They organized themselves around small idols.

انہوں نے خود کو چھوٹے بتوں کے گرد منظم کیا۔

The small idols which the great ones had shown them.

وہ چھوٹے بت جو بڑے لوگوں نے بتائے تھے۔

Idols brought from dim eras from dark stars.

تاریک ستاروں سے مدھم زمانوں سے لائے گئے بت۔

That cult would never die till the stars came right again.

یہ فرقہ اس وقت تک نہیں مرے گا جب تک کہ ستارے دوبارہ نہ آئیں۔

The secret priests were going to take great Cthulhu from His tomb.

خفیہ چاری اس کے مقبرے سے عظیم چھولو کو لینے جا رہے تھے۔

And they were going to revive His subjects.

اور وہ اس کی رعایا کو زندہ کرنے والے تھے۔

And then Cthulhu was going to resume His rule of earth.

اور پھر چھولو اہلِ زمین پر اپنی حکمرانی دوبارہ شروع کرنے والا تھا۔

The right time was going to reveal itself quite clearly.

صحیح وقت خود کو بالکل واضح طور پر ظاہر کرنے والا تھا۔

At that time mankind will have become as the great old ones.

اس وقت بنی نوع انسان بڑے بوڑھوں کی طرح ہو چکے ہوں گے۔

They will be free and wild and beyond good and evil.

وہ آزاد اور جنگلی اور اچھے اور برے سے بالاتر ہوں گے۔

Laws and morals are going to be thrown aside.

قانون اور اخلاق ایک طرف پھینکے جا رہے ہیں۔

All men will be shouting and killing and reveling in joy.

سب لوگ چیخیں ماریں گے اور ماریں گے اور خوشی سے منائیں گے۔

Then the liberated old ones will teach them the new ways.

پھر آزاد شدہ پرانے اِنہیں نئے طریقے سکھائیں گے۔

New ways to shout and kill and revel and enjoy.

چیخنے چلانے اور مارنے اور خوشی منانے اور لطف اندوز ہونے کے نئے طریقے۔

And all the earth will flame with a holocaust of ecstasy and freedom.

اور ساری زمین خوشی اور آزادی کے ساتھ یووکاسٹ کے ساتھ پھر گ اٹھی گی۔

Meanwhile the cult had to practice the appropriate rites.

اس دوران پرستوں کو مناسب رسومات پر عمل کرنا پڑا۔

They had to keep alive the memory of those ancient ways.

انہیں ان قدیم طریقوں کی یاد کو زندہ رکھنا تھا۔

And they had to shadow forth the prophecy of their return.

اور انہیں اپنی واپسی کی پیشین گوئی کا سامہ کرنا تھا۔

In the elder time chosen men spoke with the entombed Old Ones.

پرانے زمانے میں چنے ہوئے آدمی دفن ہوئے پرزگوں سے بات کرتے تھے۔

The entombed Old Ones spoke to them in their dreams.

قبر واسے بوڑھے خواب میں ان سے بات کرتے تھے۔

But then something disturbed their means of communication.

لیکن پھر کسی چیز نے ان کے مواصلات کے ذرائع کو پریشان کردیا۔

The great stone in the city R'lyeh had sunk beneath the waves.

رلیح شہر کا عظیم پتھر لہروں کے نیچے دھنس گیا تھا۔

And the monoliths and sepulchers were beneath the waters.

اور مونولیتھ اور قبریں پانیوں کے نیچے تھیں۔

Deep waters full of the one primal mystery.

ایک بنیادی اسرار سے بھرا ہوا گہرا پانی۔

Waters through which not even thought can pass.

وہ پانی جس میں سے سوچا بھی نہیں جا سکتا۔

Water that cut off their spectral communication.

پانی جس نے ان کا سپیکٹرل مواصلات کاٹ دیا۔

But the memory of the rites and rituals never died.

لیکن رسومات اور رسومات کی یاد کبھی نہیں مری۔

And high priests said that the city would rise again.

اور اعلیٰ کاہنوں نے کہا کہ شہر دوبارہ طلوع ہو گا۔

When the stars were right Cthulhu was going to return.

جب ستارے ٹھیک ہو گئے تو کتھولہو واپس آنے والا تھا۔

The moldy black spirits of the earth will come out again.

زمین کی پھپھوندی کالی روحیں پھر باہر آئیں گی۔

Shadowy black spirits full of dim rumors.

مدھم آوازوں سے بھری سیاہ دار سیاہ روح۔

***

The spirits collected in caverns beneath forgotten sea-bottoms.

ارواح ہو سے بھندری کی تہوں کے نیچے غاروں میں جمع ہوتی ہیں۔

But of those spirits old Castro dared not speak much.

لیکن ان روحوں کے بارے میں بوڑھے کاسترو نے زیادہ بولنے کی ہمت نہیں کی۔

And he hurriedly cut himself off from the topic.

اور اس نے جلدی سے اپنے آپ کو موضوع سے الگ کر دیا۔

No amount of persuasion could elicit more in this direction.

اس سمت میں قائل کرنے کی کوئی مقدار زیادہ نہیں ہو سکتی ہے۔

No subtlety could convince him to speak of those spirits.

کوئی بھی باریکیت اسے ان روحوں کے بارے میں بات کرنے پر قائل نہیں کر سکتی تھی۔

The size of the old ones, too, he curiously declined to mention.

پرانے کا سائز بھی، اس نے تجسس سے ذکر کرنے سے انکار کر دیا۔

And of the cult he spoke very little too.

اور فرقے کے بارے میں بھی وہ بہت کم بولتا تھا۔

He thought the center lay amid the pathless deserts of Arabia.

اس کا خیال تھا کہ مرکز عرب کے بے راہ صحراؤں کے درمیان ہے۔

There in Irem, the City of Pillars, dreams hidden and untouched.

وہاں سے ہزاروں کے شہر اپرم میں خواب سے ہے اور ا ہوتے ہیں۔

This cult was not allied to the European witch-cult.

یہ فرقہ یورپی ڈائن کلٹ سے وابستہ نہیں تھا۔

And the cult was virtually unknown beyond its members.

اور یہ فرقہ اپنے ارکان سے باہر تقریباً نامعلوم تھا۔

No book had ever really hinted of their knowledge.

کسی کتاب نے ان کے علم کے بارے میں واقعی اشارہ نہیں کیا تھا۔

Though the deathless Chinamen said the mad Arab Abdul Alhazred came close.

اگرچہ بے موت چائنا مینوں نے کہا کہ پاگل عرب عبد اللہ پر زمد قریب آگیا۔

He said that there were double meanings in his Necronomicon.

اس نے کہا کہ اس کے نیکرو نومیکان میں دوہری معنویت موجود ہے۔

The initiated were free to read it if they wanted to.

شروع کرنے والے اگر چاہیں تو اسے پڑھنے کے لیے آزاد تھے۔

And they should pay attention to one couplet in particular.

اور انہیں خاص طور پر ایک شعر پر توجہ دینی چاہیے۔

"That which is not dead can sleep for eternity,"

"جو مردہ نہیں ہے وہ ابد تک سو سکتا ہے"

"And with strange eons even death may die."

"اور عجیب سے دور کے ساتھ موت بھی مر سکتی ہے۔"

Legrasse had been deeply impressed by what he heard.

لیکن اس نے جو کچھ سنا اس سے بہت متاثر ہوا تھا۔

And he was not a little bewildered by the tale.

اور وہ اس کہانی سے ذرا بھی پریشان نہیں ہوا تھا۔

He inquired in vain about the historic affiliations of the cult.

اس نے اس فرقے کی تاریخی وابستگیوں کے بارے میں بے سود دریافت کیا۔

Castro, apparently, had told the truth about the oath of secrecy.

کاسترو نے بظاہر رازداری کے حلف کے بارے میں سچ کہا تھا۔

The authorities at Tulane University could not offer much help either.

ٹولین یونیورسٹی کے حکام بھی زیادہ مدد بڑا ہم نہیں کر سکے۔

The were not able to shed no light upon neither cult, nor the image.

وہ نہ تو پرستوں پر روشنی ڈالنے کے قابل تھے، نہ شہہ۔

And now the detective had come to the highest authorities in the country.

اور اب جاسوس ملک کے اعلیٰ ترین حکام کے پاس آچکا تھا۔

And he heard none other than Professor Webb' tale in Greenland.

اور اس نے گرین لینڈ میں پروفیسر ویب کی کہانی کے علاوہ کسی کو نہیں سنا۔

***

Legrasse's tale aroused feverish interest at the meeting.

لیگریسے کی کہانی نے میٹنگ میں شدید دلچسپی پیدا کی۔

The story was not only significant in its implications.

کہانی نہ صرف اپنے اثرات میں اہم تھی۔

But the story was also corroborated by the statuette.

لیکن اس کہانی کی تصدیق مجسمے سے بھی ہوئی۔

The excitement echoed in the subsequent correspondence.

بعد کی خط و کتابت میں جوش کی بازگشت سنائی دی۔

Those who attended stayed in close contact with each other.

شرکت کرنے والے ایک دوسرے کے ساتھ قریبی رابطے میں رہے۔

Although scant mention occurs in the formal publications.

اگرچہ رسمی اشاعتوں میں بہت کم تذکرہ ملتا ہے۔

Caution is the first care of those accustomed to charlatanry.

احتیاط ان لوگوں کی پہلی دیکھ بھال ہے جو خیانت کے عادی ہیں۔

Impostures are kept out as much as it is possible.

جہاز سازی کو جتنا ممکن ہو باہر رہا جاتا ہے۔

Legrasse for some time lent the image to Professor Webb.

لیگران نے کچھ وقت کے لیے تصویر پروفیسر ویب کو دے دی۔

But at the latter's death the image was returned to him.

لیکن مؤخر الذکر کی موت پر تصویر اسے واپس کر دی گئی تھی۔

And the image remains in Legrasse's possession.

اور تصویر لیگران کے قبضے میں رہتی ہے۔

This is where I viewed the terrible image not long ago.

یہ وہ جگہ ہے جہاں میں نے کچھ عرصہ پہلے خوفناک تصویر دیکھی تھی۔

The image is unmistakably akin to Wilcox' dream-sculpture.

تصویر ولاشبہ ولکاکو کی کے خوابوں کے مجسمے سے ملتی جلتی ہے۔

It was no wonder my uncle was so excited by his tale.

یہ کوئی تعجب کی بات نہیں تھی کہ میرے چچا ان کی کہانی سے بہت پرجوش تھے۔

And I'm not surprised he made the efforts he made.

اور میں حیران نہیں ہوں کہ اس نے اپنی کوششیں کیں۔

He had heard everything Legrasse knew of the cult.

اس نے وہ سب کچھ سنا تھا جو لیگریسے کو فرقے کے بارے میں معلوم تھا۔

And the strange cultish dreams of a sensitive young man.

اور ایک حساس نوجوان کے عجیب ثقافتی خواب۔

The bas-relief just like the one from the swamp.

دلدل سے نکلنے والے کی طرح باس ریلیف۔

The addition of the devil tablet in Greenland.

گرین لینڈ میں شیطان کی گولی کا اضافہ۔

The exact same words used in three remote occurrences.

بالکل وہی الفاظ جو تین دور دراز واقعات میں استعمال ہوتے ہیں۔

The Eskimo diabolists, the mongrels in Louisiana, and then
Wilcox.

اسکیمو ڈائیولوسٹ، لوزیانا میں مینگرلز، اور پھر ولکوکس۔

What other conclusion could one possibly have come to?

اس کے علاوہ اور کیا نتیجہ اخذ کیا جا سکتا ہے؟

It's only natural Professor Angel pursued this conclusion.

یہ فطری بات ہے کہ پروفیسر اینجل نے اس نتیجے پر پہنچا۔

And I wouldn't have expected him to be less thorough.

اور میں اس سے ہم کم ہونے کی توقع نہیں کر رہا تھا۔

My great-uncle was a man of principled academic rigor.

میرے چچا اصولوں والے علمی سختی کے آدمی تھے۔

Though privately I also had other plausible theories.

اگرچہ نجی طور پر میرے پاس دیگر قابل فہم نظریات بھی تھے۔

I suspected young Wilcox of having heard of the cult.

مجھے شبہ تھا کہ نوجوان ولکوکس نے اس فرقے کے بارے میں سنا ہے۔

Maybe he had heard of the cult in some indirect way.

شاید اس نے کسی بالواسطہ طریقے سے اس فرقے کے بارے میں سنا تھا۔

He could easily have invented a series of dreams.

وہ آسانی سے خوابوں کا ایک سلسلہ ایجاد کر سکتا تھا۔

That way he could heighten and continue the mystery.

اس طرح وہ اسرار کو بڑھا اور جاری رکھ سکتا تھا۔

The dream-narratives and cuttings collected did of course
corroborate.

جمع کردہ خوابوں کی داستانوں اور کٹنگوں نے یقیناً اس کی تصدیق کی۔

But the rationalism of my mind had not yet been satisfied.

لیکن میرے ذہن کی عقلیت ابھی تک مطمئن نہیں ہوئی تھی۔

Coincidences can form highly believable illusions too.

اتفاقات بھی انتہائی قابل اعتماد وہم بنا سکتے ہیں۔

And we have to bear in mind the extravagance of the whole
subject.

اور ہمیں پورے موضوع کی اسراف کو ذہن میں رکھنا ہوگا۔

So I was led to adopt what I thought the most sensible
conclusions.

لہذا مجھے وہی اختیار کرنے کی طرف راغب کیا گیا جو میں نے سوچا کہ سب سے زیادہ سمجھدارانہ تھا۔

I thoroughly studied the manuscript from the beginning.

میں نے شروع ہی سے ہی یہ خطوطہ کا ایک ہی طرح مطالعہ کیا۔

And I correlated the theosophical and anthropological notes.

اور میں نے تھیوسو فیکل اور انتھروپولوجیکل نوٹوں کو آپس میں جوڑا۔

I compared the literature with the cult narrative of Legrasse.

میں نے ادب کا موازنہ لیگریسے کے کلٹ بیانیے سے کیا۔

I made a trip to Providence to see the sculptor.

میں نے پیشہ ور سازہو دیکھنے کے لیے پروویڈنس کا سفر کیا۔

And I intended to give him the rebuke I thought proper.

اور میں نے اسے مناسب سمجھا کہ اسے ڈانٹ دوں۔

There must be consequences, I felt, for the trick he played.

میں نے محسوس کیا کہ اس نے جو چال چلائی اس کے نتائج ضرور ہوں گے۔

He had boldly imposed himself upon a learned and aged
man.

اس نے بڑی ڈھٹائی کے ساتھ اپنے آپ کو ایک پڑھے لکھے اور بوڑھے آدمی پر مسلط کر دیا تھا۔

***

Wilcox still lived alone where my uncle had met him.

ولکوکس اب بھی اکیلا رہتا تھا جہاں میرے چچا نے اس سے ملاقات کی تھی۔

In the Fleur-de-Lys Building in Thomas Street.

تھامس اسٹریٹ میں فلور-ڈی-لِس بلڈنگ میں۔

A hideous Victorian imitation of Seventeenth Century
Breton architecture.

سترہویں صدی کے بریٹن فنِ تعمیر ہی ایک بھیانک وکٹورین نقلمد۔

The building flaunted its stuccoed front amidst its
surroundings.

عمارت اپنے اردو رواح خطوطان اپنے چھکائے ہوئے سامنے کو چمکاتی تھی۔

There were lovely Colonial houses on the ancient hill.

قدیم پہاڑی پر خوبصورت روآبادیاتی مکانات تھے۔

And the house stood under the shadow of the finest
Georgian steeple in America.

اور وہ گھر امریکہ کے بہترین جارجیائی سٹیپل کے سایے میں کھڑا تھا۔

I found him at work in his rooms, among his sculptures.

میں نے اسے اپنے کمروں میں، اس کے مجسموں کے درمیان کام کرتے ہوئے پایا۔

The specimens scattered came from a very unique mind.

بکھرے ہوئے نمونے ایک بہت ہی منفرد ذہن سے آئے تھے۔

At once I conceded that his genius is indeed profound and
authentic.

میں نے فوراً تسلیم کر لیا کہ اس کی ذہانت واقعی گہری اور مستند ہے۔

He has crystallized in clay that which Arthur Machen evokes
in prose.

اس نے مٹی میں اسی چیز کو ڈھالا ہے جسے آرتھر چن نثر میں پیش کرتا ہے۔

He mirrored in marble the nightmares Clark Ashton Smith
put to canvas.

اس نے ماربل میں ان ڈراؤنے خوابوں کی عکس بندی کی جو کلارک ایشٹن اسمتھ نے کینوس پر اتارے۔

He will, I believe, be spoken of one day as one of the great
decadents.

مجھے یقین ہے کہ وہ ایک دن زوال پذیروں میں سے ایک کے طور پر بولا جائے گا۔

He was dark, frail, and somewhat unkempt in aspect.

وہ تاریک، کمزور، اور پہناوے میں کسی حد تک نامرتب تھا۔

He turned languidly at my knock on his door.

میرے دروازے پر دستک دینے پر وہ خاموشی سے مڑ گیا۔

He didn't rise from his seat when I came in.

جب میں اندر آیا تو وہ اپنی نشست سے نہیں اٹھا۔

And he asked me what the purpose of my visit was.

اور مجھ سے پوچھا کہ میرے آنے کا مقصد کیا ہے؟

When I told him who I was his interest was piqued.

جب میں نے اسے بتایا کہ میں کون ہوں تو اس کی دلچسپی بڑھ گئی۔

My uncle had excited his curiosity by probing his strange
dreams.

میرے چچا نے اپنے چیمبر میں غریب خوابوں کی چھان بین کر کے اپنے پیسوں کو بڑھا دیا تھا۔

Although he had never explained the reason for the study.

حالانکہ اس نے مطالعہ کی وجہ مجھی نہیں بتائی تھی۔

I did not enlarge his knowledge in this regard.

میں نے اس سلسلہ میں ان کے علم میں اضافہ نہیں کیا۔

But I sought with some subtlety to gain his confidence.

لیکن میں نے اس کا اعتماد حاصل کرنے کے لیے کچھ باریک بینی سے کوشش کی۔

In a short time I became convinced of his absolute sincerity.

تھوڑے ہی عرصے میں اس کے پرمل خلوص کا قائل ہو گیا۔

He spoke of the dreams in a manner none could mistake.

اس نے خوابوں کو اس انداز میں بیان کیا کہ کوئی غلطی نہ کر سکے۔

His dreams' subconscious residuum had influenced his art profoundly.

اس کے خوابوں کے لاشعوری باقیات نے اس کے فن پر گہرا اثر ڈالا تھا۔

He showed me a morbid statue of the likes I had never seen before.

اس نے مجھے اس طرح کا ایک مورت پیسہ دکھایا جو میں نے پہلے مجھی نہیں دیکھا تھا۔

The statue's contours almost made me shake with fear.

پیسے کی شکل نے مجھے خوف سے تقریباً کانپ دیا تھا۔

The potency of the statue's black suggestion was overbearing.

پیسے کی سیاہ تجویز کی طاقت دبیگ تھی۔

He could not recall having seen the original of this thing.

اسے یاد نہیں آیا کہ اس چیز کی اصل کہیں دیکھی تھی۔

But the statue was inspired by his own dream bas-relief.

لیکن یہ پیسہ ان کے اپنے خوابوں سے متاثر تھا۔

The outlines had formed themselves insensibly under his hands.

خاکے اس کے ہاتھوں کے نیچے بے حسی سے بن چکے تھے۔

It was, no doubt, the giant shape he had raved of in delirium.

اس میں کوئی شک نہیں کہ وہ دیو پیکل شکل جس کے اس نے ڈیلیریم میں دیکھا تھا۔

That he really knew nothing of the hidden cult he soon
made clear.

کہ وہ واقعی اس پوشیدہ پرستش کے بارے میں کچھ نہیں جانتا تھا یہ اس نے جلد ہی واضح کر دیا تھا۔

Only my uncle's relentless catechism had given him some
clues.

صرف میرے چچا کی انتھک پیگیر نے انہیں کچھ اشارے دیے تھے۔

And again I strove to explain the obvious conclusions away.

اور میں نے ایک بار پھر واضح نتائج کی وضاحت کرنے کی کوشش کی۔

How he could possibly have received the weird
impressions?

ایسے پیچیدہ وغریب تاثرات کیسے بل سکتے تھے؟

He talked of his dreams in a strangely poetic fashion.

اس نے اپنے خوابوں کی بات پیچیدہ شاعرانہ انداز میں کی۔

He made me see with terrible vividness the vistas of his
dream.

اس نے مجھے خوفناک شدت کے ساتھ اپنے خواب کے نظارے دکھائے۔

The damp Cyclopean city of slimy green stone.

پتلا سبز پتھر کا نم سائیکلوپیئن شہر۔

The geometry he oddly said, was all wrong.

جیومیٹری جو اس نے عجیب طور پر کہا، وہ سب غلط تھا۔

And he spoke of what he heard with frightened expectancy.

اور اس نے خوفزدہ توقع کے ساتھ جو کچھ سنا اس کے بارے میں کہا۔

The ceaseless, half-mental calling from underground:

زیر زمین سے لامتناہی، نیم ذہنی کال

"Cthulhu fhtagn... Cthulhu fhtagn"

"چھ تھو دھو و ہ گن ... چھ تھو دھو و ہ گن"

These words had formed part of that dreaded ritual.

یہ الفاظ اس خوفناک رسم کا حصہ بن چکے تھے۔

The ritual the told of dead Cthulhu's dream-vigil.

مرے ہونے چھوڑ دیا ہوئے خواب سی نگرانی سی رہم۔

The ritual that told of his stone vault at R'lyeh.

وہ رہم جس نے رہے میں اپنے پتھر کی والٹ کے بارے میں بتایا۔

And I felt deeply moved, despite my rational beliefs.

اور میں نے اپنے عقلی اعتقادات کے باوجود دل کی گہرائیوں سے بہت زیادہ متحرک محسوس کیا۔

Wilcox, I was sure, had heard of the cult in some casual way.

ولکاکوکس، مجھے یقین تھا کہ اس نے فرقے کے بارے میں کچھ آرام دہ انداز میں سنا تھا۔

He spent his time in a mass of equally weird literature.

اس نے اپنا وقت اتنے ہی عجیب و غریب ادب میں گزارا۔

He must have forgotten the source of his knowledge.

وہ اپنے علم کے منبع کو بھول گیا ہوگا۔

Later the cult had found subconscious expression in his
dreams.

بعد میں اس فرقے کو اپنے خوابوں میں لاشعوری اظہار ملا۔

But this is natural when stories are so impressive.

لیکن جب کہانیاں اتنی متاثر کن ہوتی ہیں تو یہ فطری ہے۔

Finally the cult's ideas manifested themselves in the bas-
relief.

آخر کار فرقے کے نظریات نے خود کو باس ریلیف میں ظاہر کیا۔

And now the subject of the cult manifested itself in the
terrible statue.

اور اس فرقے کا موضوع خوفناک مجسمے میں ظاہر ہوا۔

I was convinced his imposture upon my uncle had been very
innocent.

مجھے یقین ہو گیا تھا کہ میرے چچا پر اس کا الزام بہت معصوم تھا۔

He both slightly affected, and slightly ill-mannered.

وہ دونوں قدرے متاثر ہوئے، اور قدرے بدتہذیب۔

He had a disposition which I could never like.

اس کا ایک مزاج تھا جسے میں کبھی پسند نہیں کر سکتا تھا۔

But I was willing enough now to admit his genius.

لیکن میں اس کی دیانت کا اعتراف کرنے کے سوا کافی بیمار تھا۔

And I have no way of denying his honesty either.

اور میرے پاس اس کی ایمانداری سے انکار کرنے کا کوئی طریقہ ہی نہیں ہے۔

Despite my initial feelings, I took leave of him amicably.

اپنے ابتدائی احساسات کے باوجود، میں نے اسے خوش اسلوبی سے رخصت کیا۔

And I wish him all the success his talent promises.

اور میں اس کی تمام کامیابیوں کی خواہش کرتا ہوں جو اس کی صلاحیتوں کا وعدہ کرتا ہے۔

***

The matter of the cult continued to fascinate me.

فرقے کا معاملہ مجھے مسحور کرتا رہا۔

At times I had visions of the personal fame I could attain.

بعض اوقات میں نے ذاتی شہرت کے خواب دیکھے جو میں حاصل کر سکتا تھا۔

I visited New Orleans and talked with Legrasse.

میں نے نیو اورلینز کا دورہ کیا اور لیگراسے سے بات کی۔

And I spoke with other policemen of that swamp raid.

اور میں نے اس دلدل کے چھاپے کے دوسرے پولیس والوں سے بات کی۔

I saw the frightful image with my own eyes.

میں نے اپنی آنکھوں سے خوفناک تصویر دیکھی۔

And I even questioned some of the surviving mongrel prisoners.

اور میں نے کچھ زندہ بچ جانے والے مائرل قیدیوں سے بھی پوچھ گچھ کی۔

Old Castro, unfortunately, had been dead for some years.

پرانا کاسترو، بدقسمتی سے، برسوں پہلے مر چکا تھا۔

What I now heard so graphically at first hand excited me afresh.

جو کچھ میں نے اب اس قدر تصویری انداز میں سنا اس نے مجھے سرے سے پرجوش کر دیا۔

Though it was really no more than a detailed confirmation.

اگرچہ یہ واقعی ایک تفصیلی تصدیق سے زیادہ نہیں تھا۔

What they told me I had already read in my uncle's notes.

انہوں نے مجھے جو بتایا وہ میں اپنے چچا کے نوٹوں میں پڑھ چکا تھا۔

I felt sure that I was on the track of a very real secret.

مجھے یقین تھا کہ میں ایک بہت ہی حقیقی رازنی راہ پر گامزن ہوں۔

And I was sure I was going to discover a very ancient religion.

اور مجھے یقین تھا کہ میں ایک بہت قدیم مذہب دریافت کرنے جا رہا ہوں۔

The discovery would make me an anthropologist of note.

یہ دریافت مجھے ایک ماہر بشریات بنا دے گی۔

My attitude was still one of absolute rational materialism.

میرا رویہ اب بھی مطلق عقلی مادیت پر مبنی تھا۔

And I wish my attitude to the subject matter had not changed.

اور کاش موضوع کے حوالے سے میرا رویہ تبدیل نہ ہوتا۔

I discounted with almost inexplicable perversity the coincidences.

میں نے اتفاقات کو تقریباً ناقابل فہم کے ساتھ رعایت دی۔

The dream notes and odd cuttings collected by Professor Angell.

پروفیسر اینجل کے ذریعے جمع کردہ خوابوں کے نوٹ اور عجیب و غریب کٹنگ۔

One thing I began to doubt was the cause of my uncle's death.

ایک چیز جس پر مجھے شک ہونے لگا وہ میرے چچا کی موت کی وجہ تھی۔

I began to suspect his death was far from natural.

مجھے شک ہونے لگا کہ اس کی موت قدرتی نہیں تھی۔

And I now fear I know my uncle's death was not natural.

اور اب مجھے ڈر ہے کہ میں جانتا ہوں کہ میرے چچا کی موت قدرتی نہیں تھی۔

It was on a narrow hill street where he fell.

یہ ایک تنگ پہاڑی گلی میں تھا جہاں وہ مرا تھا۔

The street lead up from the ancient waterfront.

گلی قدیم واٹر فرنٹ سے نکلتی ہے۔

The port-town swarms with foreign mongrels.

بندرگاہ ہیں شہر غیر ملکی ہائبریڈ کے ساتھ بھرا ہے۔

He fell after a careless push from a negro sailor.

وہ ایک نیگرو ملاح کے لاپرواہ دھکے کے بعد گر پڑا۔

I had not forgotten the mixed blood of the cult-members in Louisiana.

میں وزمانا میں برستقے کے اراکین کے ملا جلے خون کو نہیں بھولا تھا۔

I had not forgotten the sailors in the voodoo orgy.

میں ووڈو بنگا ناچ میں ملاحوں کو نہیں بھولا تھا۔

And would not be surprised to learn that they had other knowledge too.

اور میہ جان کر حیران نہیں ہوں گے کہ ان کے پاس اور بھی علم تھا۔

Secret methods as anciently known as the cryptic rites.

خفیہ طریقے جہنیں قدیم طور پر خفیہ رسومات کے نام سے جانا جاتا ہے۔

Poison needles as ruthless their demonic beliefs.

ان کے شیطانی عقائد ہو کے رحم کے طور پر زہر کی سوئیاں۔

Legrasse and his men, it is true, have been let alone.

لیگریسے اور اس کے آدمی، سچ ہے، اکیلا چھوڑ دیا گیا ہے۔

But in Norway a certain seaman who saw things is dead.

لیکن ناروے میں ایک خاص بحری آدمی جس نے چیزوں کو دیکھا وہ مر گیا ہے۔

Might not sinister ears have picked up my uncle's interest in the sculptor?

میرے چاچا کی مجسمہ سازی میں دلچسپی شاید ناہوار کانوں نے نہ اٹھائی ہو؟

Might not the deeper inquiries of my uncle have drawn someone's attention?

کیا میرے چاچا کے گہرے اسٹوسار نے کسی کی توجہ نہیں مبذول کرائی؟

I think Professor Angell died because he knew too much.

میرے خیال میں پروفیسر انجیل کی موت اس لیے ہوئی کہ وہ بہت زیادہ جانتے تھے۔

Or he died because he was likely to learn too much.

یا وہ مر گیا کیونکہ اس کے بہت زیادہ سیکھنے کا امکان تھا۔

Whether I shall go out as he did remains to be seen.

کیا میں اس کی طرح باہر جاؤں گا دیکھنا باقی ہے۔

Because I too have learned much about Cthulhu.

کیونکہ میں نے بھی چھوہار دوکے بارے میں بہت کچھ سیکھا ہے۔

The Madness from the Sea

سمندر سے جنون

There is one great boon heaven could grant me.

ایک عطیہ ہم روزمرت سے ہے جو جنت ہمیں دے سکتی ہے۔

The total effacing of the results of a mere chance.

محض موقع سے نتائج کا مکمل اثر۔

I wish I had never seen that stray piece of paper.

کاش میں نے کاغذ کا وہ آوارہ ٹکڑا کبھی نہ دیکھا ہوتا۔

My daily routine would normally not have taken me there.

میرا روزمرہ کا معمول عام طور پر مجھے وہاں نہیں سے جاتا۔

On any other day I would not have noticed anything.

کسی اور دن میں نے کچھ محسوس نہیں کیا ہوگا۔

It was an old number of an Australian journal.

یہ ایک آسٹریلوی جریدے کا پرانا نمبر تھا۔

The Sydney Bulletin for April 18, 1925

18 اپریل 1925 کے لیے سڈنی بلیٹن

The paper had even slipped past the cutting bureau.

کاغذ کٹنگ بیورو سے بھی نکل گیا تھا۔

I had largely given over my inquiries to a friend.

میں نے بڑی حد تک اپنی استفسارات ایک دوست کو دے دی تھیں۔

He had taken on the work of most of the research.

انہوں نے زیادہ تر تحقیق کا کام اپنے ہاتھ میں لیا تھا۔

He had come to refer to the group as the "Cthulhu Cult".

وہ اس گروپ کو "چھ ودھو کلٹ" کے طور پر حوالہ دینے آیا تھا۔

I was visiting my learned friend of Paterson, New Jersey.

میں پیٹرسن، نیو جرسی کے اپنے محنتی دوست سے ملنے جا رہا تھا۔

The curator of a local museum, and a mineralogist of note.

ایک مقامی میوزیم کا کیوریٹر، اور معدنیات کا ماہر۔

While at his museum I had access to the reserved specimens.

اس کے میوزیم میں رہتے ہوئے چند ہفوط ہزاروں تک رسائی حاصل تھی۔

And this is when an odd picture caught my attention.

اور یہ تب ہے جب ایک چیست تصویر نے میری توجہ مبذول کرائی۔

Beneath one of the stones was the Sydney Bulletin I mentioned.

ایک قدر کے نیچے سڈنی بلیٹن تھا جس کا میں نے ذکر کیا تھا۔

My friend has wide affiliations in all conceivable foreign lands.

میرے دوست کی تمام غیر ملکی زمینوں میں وسیع وابستگی ہے۔

The picture was a half-tone cut of a hideous stone image.

یہ تصویر ایک بھیانک پتھری تصویر کا آدھا ٹون تھا۔

Almost identical with the stone Legrasse had found in the swamp.

پتھر لیگراسی دلدل میں پائے جانے والے پتھر سے تقریباً مماثل ہے۔

Eagerly I read the article for its precious contents.

میں نے مضمون کو اس کے قیمتی مواد کے لیے بے تابی سے پڑھا۔

But I was disappointed to find that it was just a short article.

لیکن مجھے جان کر مایوسی ہوئی کہ صرف ایک مختصر مضمون تھا۔

Although brief, the information was of portentous significance.

مختصر ہونے کے باوجود، معلومات نہایاں اہمیت کی حامل تھیں۔

***

"MYSTERY DERELICT FOUND AT SEA"

"یہ سمندر میں پراسرار ڈیریلیکٹ مل گیا"

Vigilant Arrives With Helpless Armed New Zealand Yacht in Tow.

چوکس کے رہرس میچ ہزوری لینڈ ٹاٹ کے ساتھ ٹو میں پہنچ گیا۔

One Survivor and one Dead Man Found Aboard.

ایک زندہ بچ جانے والا اور ایک مردہ آدمی جہاز میں ملا۔

Tale of Desperate Battle and Deaths at Sea.

یہ سمندر میں مایوس جنگ اور موت کی کہانی۔

Rescued Seaman Refuses Particulars of Strange Experience.

بچائے گئے سیمین نے عجیب و غریب تجربے کی تفصیلات سے انکار کردیا۔

Odd Idol Found in His Possession, Inquiry to Follow.

اس کے پاس بت اس کے قبضے میں ملا، پیروی کرنے کے لئے پوچھ گچھ۔

The Alert of Dunedin yacht, N.Z., had been disabled in
battle.

کا الرٹ جنگ میں غیر فعال کردیا گیا تھا۔ NZ، ڈیڈن ماٹ

Previously the ship had left from Valparaiso on March 25th.

اس سے پہلے جہاز ولپارائسو سے 25 مارچ کو روانہ ہوا تھا۔

On April 2nd the ship was driven considerably south of her
course.

2 اپریل کو جہاز اس کے راستے کے کافی جنوب میں چلا گیا تھا۔

Exceptionally heavy storms had redirected the ship.

غیر معمولی طور پر شدید طوفان نے جہاز کو ری ڈائریکٹ کردیا تھا۔

Monster waves forced the ship to take a different route.

مونسٹر لہروں نے جہاز کو ایک مختلف راستہ اختیار کرنے پر مجبور کیا۔

On April 12th the ship was sighted by another ship.

12 اپریل کو جہاز کو ایک اور جہاز نے دیکھا۔

Latitude 34° 21', Longitude 152° 17'

عرض البلد 34° 21'، طول البلد 152° 17'

Initially they thought the ship had been deserted.

شروع میں ان کا خیال تھا کہ جہاز ویران ہو گیا ہے۔

But one still living man had been found on board.

لیکن جہاز پر ایک زندہ آدمی ملا تھا۔

This lone survivor was in a half-delirious condition.

یہ تنہا زندہ بچ جانے والا آدھ مضطرب حالت میں تھا۔

The only other victim found was a man already dead a week.

واحد دوسرا شکار ما ما گیا تھا جو ایک ہفتہ پہلے ہی مر گیا تھا۔

Now the heavily armed steam yacht was being towed.

اب بھاری ہتھیاروں سے لدی ہوئی بھاپ کی کشتی کھینچی جا رہی تھی۔

And this morning the ship was coming in to its wharf.

اور آج صبح جہاز اپنے گھاٹ پیں آ رہا تھا۔

The living man was clutching a horrible stone idol.

زندہ آدمی پتھر کے ایک خوفناک بت کو پکڑے ہوئے تھا۔

The stone idol was about a foot in height.

پتھر کے بت کی اونچائی تقریباً ایک فٹ تھی۔

And the origins of the stone were completely unknown.

اور پتھر کی اصلیت بالکل نامعلوم تھی۔

Authorities at Sydney university were baffled.

سڈنی یونیورسٹی کے حکام حیران رہ گئے۔

The Royal Society couldn't offer information about the idol.

رائل سوسائٹی بت کے بارے میں معلومات پیش نہیں کر سکی۔

And the Museum in College street had no insights either.

اور کالج اسٹریٹ کے میوزیم کی بھی کوئی بصیرت نہیں تھی۔

The survivor says he found the stone in the cabin of the yacht.

زندہ بچ جانے والے کا کہنا ہے کہ اسے پتھر کیبن میں پتھر ملا۔

Allegedly the idol was in a small carved shrine.

مبینہ طور پر بت ایک چھوٹے تراشے ہوئے مزار میں تھا۔

And the carvings of the shrine were of common pattern.

اور مزار کے نقش و نگار عام طرز کے تھے۔

This man eventually recovered back to his senses.

یہ شخص بالآخر اپنے ہوش میں واپس آیا۔

And he told an exceedingly strange story of piracy and slaughter.

اور اس نے بحری قزاقی اور ذبح کی ایک انتہائی عجیب و غریب کہانی سنائی۔

He is Gustaf Johansen, a Norwegian of some intelligence.

وہ کہتے ہیں جو جہاز سے ہیں، جو کچھ ذبانت کا ناروین ہے۔

And he had been second mate of the two-masted schooner Emma of Auckland.

اور وہ آکلینڈ کی دو ماسٹڈ اسکونر ایما کا دوسرا ساتھی رہا تھا۔

The ship sailed for Callao February 20th, manned by eleven sailors.

یہ جہاز 20 فروری کو کالاؤ کے لیے روانہ ہوا، جس میں گیارہ ملاح سوار تھے۔

The ship, he says, was delayed and thrown widely south of her course.

وہ کہتے ہیں کہ جہاز میں تاخیر ہوئی اور اس کے راستے کے جنوب میں بڑے پیمانے پر پھینک دیا گیا۔

There was a great storm on March 1st, and on March 22nd.

یکم مارچ اور 22 مارچ کو زبردست طوفان آیا۔

On their journey they encountered another ship.

سفر میں ان کا سامنا ایک اور جہاز سے ہوا۔

This was in S. Latitude 49° 51´, W. Longitude 128° 34´

طول البلد 128° 34´ میں تھا۔ .W، عرض البلد 49° 51 ہم S.

This ship was manned by a queer and evil-looking crew.

اس جہاز کو ایک عجیب اور بدصورت عملہ چلا رہا تھا۔

All the men were of Kanakas and half-castes.

تمام مرد کھناس اور آدھی ذات کے تھے۔

Being ordered peremptorily to turn back, Capt. Collins refused.

عارضی طور پر واپس جانے کا حکم دیا گیا، کیپٹن کولنز نے انکار کر دیا۔

Without warning the strange crew began to shoot savagely upon the schooner.

بغیر کسی انتباہ کے عجیب و غریب عملے نے اسکونر پر وحشیانہ گولیاں چلانا شروع کر دی۔

They shot a peculiarly heavy battery of brass cannon.

انہوں نے پیتل کی توپوں کی ایک عجیب و غریب بھری سے گولیں چلائیں۔

The men from his ship showed fighting spirit, says the survivor.

زندہ بچ جانے والے کا کہنا ہے کہ اس کے جہاز کے مردوں نے لڑنے کے جذبے کا مظاہرہ کیا۔

The schooner began to sink from shots beneath the
waterline.

سکونر زمانی کی لائن کے نیچے شاٹس سے ڈوبنے لگا۔

But they managed to heave alongside their enemy boat, and
board her.

لیکن وہ اپنی دشمن کی کشتی کے ساتھ ساتھ اس پر سوار ہونے میں کامیاب ہو گئے۔

They grappled with the savage crew on the yacht's deck.

انہوں نے ماسٹ کے ڈیک پر موجود وحشی عملے سے ہاتھا پائی کی۔

Their mode of fighting seemed to be strangely clumsy.

ان کا لڑنے کا انداز عجیب اناڑی لگتا تھا۔

But defeat did not seem to be an option for these savage
men.

لیکن شکست ان وحشیوں کے لیے کوئی آپشن نظر نہیں آتی تھی۔

They had a particularly abhorrent and desperate way of
fighting.

ان کے ماس لڑائی کا خاصا بھیانک اور مایوسانہ طریقہ تھا۔

So they had no choice but to kill all men of the enemy ship.

اس پے ان کے ماس دشمن کے جہاز کے تمام آدمیوں کو مارنے کے سوا کوئی چارہ نہیں تھا۔

Three of their men were also killed in the fight.

ان کے تین آدمی بھی لڑائی میں مارے گئے۔

Capt. Collins and First Mate Green were among the dead.

مرنے والوں میں کیپٹن کولنز اور فرسٹ میٹ گرین بھی شامل ہیں۔

Second Mate Johansen took over control from First Mate
Green.

سیکنڈ میٹ جوہانسن نے فرسٹ میٹ گرین سے کنٹرول سنبھال لیا۔

And the remaining eight men proceeded to navigate the
captured yacht.

اور باقی آٹھ آدمی مقبوضہ کشتی پر تشریف لے گئے۔

They proceeded to continue in the original direction they
were going.

وہ اپنی اصل سمت میں جاری سمت کے لیے آگے بڑھے۔

To see if there had been any reason they were ordered to
turn around.

تاکہ دیکھیں کہ آیا کوئی وجہ تھی کہ انہیں مڑنے کا حکم دیا گیا تھا۔

***

The next day, it appears, they landed on a small island.

اگلے دن، ظاہر ہوتا ہے، وہ ایک چھوٹے سے جزیرے پر اترے۔

Although no island is known to exist in that part of the
ocean.

اگرچہ سمندر کے اس حصے میں کوئی جزیرہ موجود نہیں ہے۔

Six of the men somehow died ashore while on the island.

ان میں سے چھ افراد جزیرے پر رہتے ہوئے کسی نہ کسی طرح ساحل پر مر گئے۔

Though Johansen is queerly reticent about this part of his
story.

اگرچہ جوہانسن اپنی کہانی کے اس حصے کے بارے میں غیر معمولی طور پر مردود جہ ہے۔

And he speaks only of their falling into a rock chasm.

اور وہ صرف ان کے چٹان کی چھائی میں گرنے ہی بات کرتا ہے۔

Later, it seems, he and one companion boarded the yacht.

بعد میں، ایسا لگتا ہے، وہ اور ایک ساتھی کشتی پر سوار ہوئے۔

Together they tried to sail the ship, undermanned.

انہوں نے ایک ساتھ مل کر جہاز کو م مڑنے کی کوشش کی۔

But they were beaten about by the storm of April 2nd.

لیکن وہ 2 اپریل کے طوفان سے مارے گئے۔

From that time till his rescue on the 12th, the man
remembers little.

اس وقت سے لے کر 12 تاریخ کو اس کے بچاو تک، آدمی کو بہت کم یاد ہے۔

And he does not even recall when William Briden, his
companion, died.

اور اسے یہ بھی یاد نہیں کہ اس کے ساتھی ولیم برائیڈن کی موت کب ہوئی تھی۔

Autopsy could reveal no obvious cause to Briden's death.

موت کی مارجم سے برائیڈن کی موت کی کوئی واضح وجہ سامنے نہیں آسکی۔

The most likely cause of death is exposure to the elements.

موت کی سب سے زیادہ ممکنہ وجہ عناصر کی ہنارش ہے۔

The Dunedin reported that their boat, the Alert, was well known.

ڈینیڈن نے اطلاع دی کہ ان کی کشتی ایرٹ مشہور تھی۔

The island traders bore an evil reputation along the waterfront.

جزیرے کے تاجر واٹر فرنٹ کے ساتھ ساتھ ایک بری شہرت سے تھے۔

The ship was owned by a curious group of half-castes.

جہاز صرف دانتوں کے ایک متجسس گروہ کی ملکیت تھا۔

Frequent meetings and night trips to the woods attracted curiosity.

جنگل میں اکثر ملاقاتیں اور رات کے سفر نے تجسس کو اپنی طرف متوجہ کیا۔

The ship had set sail in great haste on March 1st.

یکم مارچ کو جہاز بڑی جلدت میں روانہ ہوا تھا۔

Just after the storm, and the earth tremors that night.

طوفان کے عین بعد، اور اس رات زمین لرز اٹھی۔

Our Auckland correspondent gives the Emma excellent reputation.

ہمارا آکلینڈ نامہ نگار ایما کو بہترین شہرت دیتا ہے۔

The Crew from the Emma were held very in high regard.

ایما کے عملے کو بہت زیادہ احترام میں رکھا گیا تھا۔

And Johansen is described as a sober and worthy man.

اور جوہانسن کو ایک مدبر اور قابل آدمی کے طور پر بیان کیا گیا ہے۔

The admiralty will institute an inquiry on the whole matter.

ایڈمرلٹی پورے معاملے کی انکوائری کرے گا۔

Starting tomorrow they will collect all relevant information.

کل سے وہ تمام متعلقہ معلومات جمع کریں گے۔

Every effort will be made to induce Johansen to speak.

جو ہارسن کو بولنے پر آمادہ کرنے کی ہر ممکن کوشش کی جائے گی۔

This and the hellish image were all the information I had to
go on.

اور جہنمی تصویر وہ تمام معلومات تھیں جن پر چلے جانا تھا۔

But what a train of ideas that little information started in my
mind!

لیکن خیالات کی کیا ٹرین ہے کہ میرے ذہن میں تھوڑی سی معلومات نے شروع ہوئی!

Here were new treasuries of data on the Cthulhu Cult.

یہاں کہ تھولو کلٹ پر نئے ڈیٹا کے خزانے موجود تھے۔

The cult not only had interests on land.

فرقے کے نہ صرف زمین پر مفادات تھے۔

Now there was evidence they also had connections to the
sea.

اب اس بات کا ثبوت مل گیا تھا کہ ان کا یہ سمندر سے بھی تعلق تھا۔

What motive prompted the hybrid crew to order back the
Emma?

کس مقصد نے ہائبرڈ عملے کو ایما کو واپس کرنے کا حکم دیا؟

Why did they sail about with their hideous idol?

وہ اپنے ہولناک بت کے ساتھ کیوں چل پڑے؟

What was the unknown island on which six of the Emma's
crew had died?

وہ کون سا نامعلوم جزیرہ تھا جس پر ایما کے عملے کے چھ افراد ہلاک ہو گئے تھے؟

And why was Johansen so secretive about their death?

اور جوہارسن ان کی موت کے بارے میں اتنا خفیہ کیوں تھا؟

What had the vice-admiralty's investigation brought out?

وائس ایڈمرلٹی کی تحقیقات سے کیا نکلا؟

And what was known of the noxious cult in Dunedin?

اور ڈینیڈن میں خطرناک فرقے کے بارے میں کیا معلوم تھا؟

Nor could one help but marvel at the timing of the events.

اور نہ ہی کوئی مدد کر سکتا تھا لیکن واقعات کے وقت پر حیران رہ سکتا تھا۔

There was a deep and more than natural linkage between
the dates.

تاریخوں کے درمیان گہرا اور قدرتی تعلق تھا۔

A malign and now undeniable significance to the various
turns of events.

واقعات کے مختلف موڑ کے ہے ایک مذہبی اور اس ناقابل تردید اہمیت۔

***

My uncle had noted with great care the connecting events.

میرے چچا نے جڑنے والے واقعات کو بڑی احتیاط سے نوٹ کیا تھا۔

On March 1st the earthquake and storm had come.

یکم مارچ کو زلزلہ اور طوفان آیا تھا۔

February 28th, according to the International Date Line.

بزوری، بین الاقوامی تاریخ کی لکیر کے مطابق۔ 28

From Dunedin the noisome crew of the Alert darted eagerly
forth.

ڈنیڈن سے ایرٹ کا شور چانے والا عملہ بہم سے تابی سے روانہ ہوا۔

They moved as if they had been imperiously summoned.

وہ اس طرح حرکت میں آئے جیسے انہیں سے درینغ ملامانا گیا ہو۔

On the other side of the earth the other events unfolded.

زمین کے دوسری طرف دوسرے واقعات سامنے آئے۔

Poets and artists had begun to have their strange dreams.

شاعروں اور مصوروں نے اپنے عجیب و غریب خواب دیکھنا شروع کر دیے تھے۔

Dreams of a dank Cyclopean city from times long gone.

طویل عرصے سے ایک ڈینک سائکلوپیئن شہر کے خواب۔

A young sculptor was persuaded by these dreams too.

ایک نوجوان پیکر ساز کو بھی ان خوابوں نے آمادہ کیا۔

In his sleep he molded the form of the dreaded Cthulhu.

نیند میں اس نے خوفناک چھولہو کی ہولی ہوئی شکل میں ڈھالا۔

On March 23rd the crew of the Emma landed on an
unknown island.

مارچ کو ایما کا عملہ ایک نامعلوم جزیرے پر اترا۔ 23

There on that island they left six men dead.

وہاں اس جزیرے پر انہوں نے چھ آدمیوں کو ہلاک کر دیا۔

On that date the dreams of sensitive men assumed a
heightened vividness.

اس تاریخ کو حساس آدمیوں کے خوابوں نے بہت زیادہ جان لی۔

Their dreams darkened with dread of a giant monster's
malign pursuit.

ان کے خواب ایک دیو ہیکل عفریت کے خطرناک تعاقب کے خوف سے تاریک ہو گئے۔

One architect went mad from his dreams that night.

ایک معمار اس رات اپنے خوابوں سے پاگل ہو گیا۔

And a sculptor had lapsed suddenly into delirium!

اور ایک پیکر ساز اچانک ہذیان ہو گیا تھا !

And then there was the storm of April 2nd.

اور پھر 2 اپریل کا طوفان آیا۔

The date on which all dreams of the dank city ceased.

وہ تاریخ جس پر اندھیرے شہر کے سارے خواب ختم ہو گئے۔

Wilcox emerged unharmed from the bondage of strange
fever.

ولکاکس عجیب بخار کی قید سے بغیر نقصان کے باہر نکلا۔

And everything appeared to be normal again.

اور سب کچھ پھر سے نارمل ہونے لگا۔

But what about the hints old Castro had suggested?

لیکن بوڑھے کاسترو نے جو اشارے دیے تھے ان کا کیا ہوگا؟

What about the sunken, star-born old ones?

ڈوبے ہوئے، ستاروں سے پیدا ہونے والے بڈھوں کے بارے میں کیا خیال ہے؟

What about their promised return and coming reign?

ان کی واپسی اور آنے والے عہد کے بارے میں کیا خیال ہے؟

What about their faithful cult and their mastery of dreams?

ان کے وفادار پرستو اور ان کے خداؤں میں مہارت کے بارے میں کیا خیال ہے؟

Was I tottering on the brink of cosmic horrors?

کیا میں کائناتی ہولناکیوں کے دہانے پر ٹوٹ رہا تھا؟

Cosmic horrors far beyond man's power to bear?

کائناتی ہولناکیاں انسان کی برداشت سے کرنے کی طاقت سے کہیں زیادہ ہیں؟

If so, they must be horrors of the mind alone.

اگر ایسا ہے تو، وہ اکیلے دماغ ہی ہولناکیاں ہوں گی۔

On the second of April there was sudden coordinated calm.

دوسری اپریل کو اچانک برووط سیکون تھا۔

The monstrous menace that sieged mankind's soul had
vanished.

وہ خوفناک خطرہ جس نے بنی نوع انسان کی روح کا محاصرہ کر رہا تھا ہم ہو گیا تھا۔

That evening I made all necessary arrangements for onwards
travel.

اس شام میں نے آگے کے سفر کے لیے تمام ضروری انتظامات کر لیے۔

I bade my host adieu and took a train for San Francisco.

میں نے اپنے میزبان کو الوداع کہا اور سان فرانسسکو کے لیے ٹرین پکڑی۔

***

In less than a month I was at the port of Dunedin.

ایک ماہ سے بھی کم عرصے میں میں ڈونیڈن کی بندرگاہ پر تھا۔

Here, however, my investigation stumbled slightly.

یہاں، تاہم، میری تفتیش قدرے تھوڑم رہا گئی۔

I inquired in the old sea taverns where the men had
lingered.

میں نے پرانے بندری ہوٹلوں میں دریافت کیا کہ وہ لوگ کہاں ٹھہرے ہوئے ہیں۔

But little was known of the strange cult members.

لیکن چند پرستو کے ارکان کے بارے میں بہت کم معلوم تھا۔

Waterfront scum was far too common for special mention.

خاص خبر کے بارے میں واٹر برنٹ کی کہیں بہت عام تھی۔

But there was vague talk about one inland trip these mongrels had made.

لیکن ان مائیریز کے اندرون ملک سفر کے بارے میں مبہم بات تھی۔

Faint drumming and red flames were noted on the distant hills.

دور پہاڑوں پر ہلکی ہلکی ڈھول کی اور سرخ شعلہ نوٹ کیے گئے۔

In Auckland I learned only a little more of Johansen.

آکلینڈ میں میں نے جوہانسین کے بارے میں کچھ زیادہ ہی سیکھا۔

He had been taken to Sydney for the investigation.

اسے تفتیش کے لیے سڈنی سے جا ما گیا تھا۔

A perfunctory and inconclusive questioning turned his hair white.

ایک سے کار اور بے نتیجہ سوال نے اس کے بال سفید کر دیے۔

Thereafter he sold his cottage in West Street.

اس کے بعد اس نے ویسٹ اسٹریٹ میں اپنا کاٹج بیچ دیا۔

And he sailed with his wife to his old home in Oslo.

اور وہ اپنی بیوی کے ساتھ اوسلو میں اپنے پرانے گھر چلا گیا۔

His experience had clearly stirred him deeply.

اس کے تجربے نے اسے واضح طور پر گہرائی میں ہلا ما تھا۔

But he told his friends no more than he had told the admiralty officials.

لیکن اس نے اپنے دوستوں کو اس سے زیادہ کچھ نہیں بتایا جتنا اس نے ایڈمرائٹی حکام کو بتایا تھا۔

And all they could do was to give me his Oslo address.

اور وہ صرف اتنا ہی کر سکتے تھے کہ مجھے اپنا اوسلو کا پتہ دیں۔

After that I went to Sydney and talked profitlessly with seamen.

اس کے بعد میں سڈنی گیا اور بحری جہاز والوں سے بے فائدہ بات کی۔

Members of the vice-admiralty court could not enlighten me either.

وائس ایڈمرائٹی کورٹ کے مہران ہی مجھے روشناس نہیں کر سکے۔

I tracked the Alert down to Circular Quay in Sydney Cove.

میں نے سڈنی کووَ میں سرکلر کوے تک الرٹ کو ٹریک کیا۔

The ship had been sold and was again in commercial use.

جہاز فروخت ہو چکا تھا اور دوبارہ تجارتی استعمال میں تھا۔

But I could gain no further clues from the ship's cargo.

لیکن مجھے جہاز کے کارگو سے مزید کوئی سراغ نہیں مل سکا۔

The image was preserved in the Museum at Hyde Park.

یہ تصویر ہائیڈ پارک کے میوزیم میں محفوظ تھی۔

The cuttlefish head, dragon body, and scaly wings.

کٹل فش کا سر، ڈریگن کا جسم، اور سہرے دار پنکھ۔

The monster crouching atop the hieroglyphed pedestal.

عفریت ہیروگلیفڈ پیڈسٹل کے اوپر جھک رہا ہے۔

I studied every detail of the idol long and well.

میں نے بت کی ہر تفصیل کا طویل اور اچھی طرح سے مطالعہ کیا۔

The relic was a thing of balefully exquisite workmanship.

اوشیش حد سے شاندار کاریگری کی چیز تھی۔

I couldn't help but notice the similarity to Legrasse's smaller
specimen.

میں مدد نہیں کر سکا لیکن لیگراس کے چھوٹے نمونے سے مماثلت کو محسوس کر سکا۔

Both idols had the same utter mystery and terrible antiquity.

دونوں بتوں میں ایک ہی سراسر اسرار اور خوفناک قدیم تھا۔

And both idols had the same unearthly strangeness of
material.

اور دونوں بتوں میں مادے کی ایک جیسی غیر دنیاوی عجیب کیفیت تھی۔

Geologists, the curator told me, had found it a monstrous
puzzle.

کیوریٹر نے مجھے بتایا کہ ماہرین ارضیات نے اسے ایک خوفناک پہیلی پایا تھا۔

They insisted that the world held no rock like this one.

ان کا اصرار تھا کہ دنیا میں اس جیسی کوئی چٹان نہیں ہے۔

Then I thought with a shudder of what old Castro had told
Legrasse.

پھر اس نے کہتے ہوئے سوچا کہ بوڑھے کا سمندر ونے لیگرایسے کو کہا تھا۔

The tale of the primal great ones, sunken under the sea.

سمندر کے نیچے ڈوبے ہوئے قدیم عظیم لوگوں کی کہانی۔

"They had come from the stars."

"وہ ستاروں سے آئے تھے۔"

"They had brought their images with them."

"وہ اپنے ساتھ اپنی تصاویر بھی لے کر آئے تھے۔"

I was shaken with a mental revolution as I had never before
known.

میں ایک ذہنی انقلاب سے لرز گیا جو سا کہ میں نے پہلے بھی نہیں جانا تھا۔

I was now completely resolved to visit Mate Johansen in
Oslo.

میں اس پل طور پر اوسلو میں میٹ جوہانسن سے ملنے کا عزم کر چکا تھا۔

Sailing for London, I re-embarked at once for the Norwegian
capital.

لندن کے لیے کشتی رانی کرتے ہوئے، میں نے فوراً ہی ناروے کے دارالحکومت کے لیے دوبارہ سفر
کیا۔

And one autumn day I landed at the wharves.

اور خزاں کے ایک دن میں گھاٹ پر اترا۔

***

Johansen's hometown was in the shadow of the Egeberg.

جوہانسن کا آبائی شہر ایجربرگ کے سائے میں تھا۔

I discovered he lived in the Old Town of King Harold
Haardrada.

میں نے دریافت کیا کہ وہ کنگ ہیرالڈ ہاردرادا کے اولڈ ٹاؤن میں رہتا تھا۔

For centuries the greater city had masqueraded as
"Christiania".

صدیوں سے اس عظیم شہر کو "کرسچینیا" کا نام دیا گیا تھا۔

King Harald Hardrada kept alive the name of Oslo.

بادشاہ ہیرالڈ ہردرادا نے اوسلو کا نام زندہ رکھا۔

I made the brief trip to his residences by taxicab.

میں نے ٹیکسی کے ذریعے ان کی رہائش گاہوں کا مختصر سفر کیا۔

A neat and ancient building with plastered front.

سامنے پلاسٹر والی صاف ستھری اور قدیم عمارت۔

And I knocked with palpitant heart at the door.

اور میں نے دھڑکتے دل کے ساتھ دروازے پر دستک دی۔

A sad-faced woman in black answered my summons.

ایک اداس چہرے والی سیاہ پوش عورت نے میرے بلانے کا جواب دیا۔

I was stung with disappointment at the sight.

سے دیکھ کر میں مایوسی سے ڈوب گیا۔

She told me in halting English that Gustaf Johansen was no
more.

اس نے انگلش کو روکتے ہوئے مجھے بتایا کہ گستاف جوہانسن اب نہیں رہے۔

He had not long survived his return, said his wife.

اس کی بیوی نے کہا کہ وہ اپنی واپسی میں زیادہ دیر تک زندہ نہیں رہے تھے۔

The doings at sea in 1925 had broken him.

میں یہ سمندر میں ہونے والی حرکتوں نے اسے توڑ دیا تھا۔ 1925

He had told her no more than he had told the public.

اس نے اسے اس سے زیادہ کچھ نہیں بتایا تھا جتنا اس نے عوام کو بتایا تھا۔

But he had left a long manuscript of "technical matters".

لیکن اس نے ''تکنیکی معاملات'' کا ایک طویل نسخہ چھوڑا تھا۔

These notes of the voyage had been written in English.

سفر کے یہ نوٹ انگریزی میں لکھے گئے تھے۔

Evidently in order to safeguard her from the peril of casual
perusal.

ظاہر ہے کہ اسے آرام دہ اور پرسکون مطالعہ کے خطرے سے بچانے کے لیے۔

He had gone for a walk through a narrow lane near the
Gothenburg dock.

وہ ایک تھیلرگ گودی سے گر کر ایک بیگ کی سیڑھیوں سے پھسل گیا تھا۔

A bundle of papers falling from an attic window had
knocked him down.

اٹاری کی کھڑکی سے گرتے کاغذات کے پنڈل نے اسے نیچے گرا دیا تھا۔

Two Lascar sailors at once helped him to his feet.

لاسکر کے دو ملاحوں نے ایک وقت اس کے قدموں میں مدد کی۔

But before the ambulance could reach him he was dead.

لیکن اس سے پہلے کہ ایمبولینس اس تک پہنچتی وہ مر چکا تھا۔

The physicians found no adequate cause for his death.

ڈاکٹروں کو اس کی موت کی کوئی معقول وجہ نہیں ملی۔

They mostly attributed his death to heart trouble.

وہ زیادہ تر اس کی موت کی وجہ دل کی تکلیف بتاتے ہیں۔

But they added his weakened constitution most likely
contributed.

لیکن انہوں نے اس کے کمزور آئین کو شامل کیا جو غالباً اس میں شامل تھا۔

I now felt a deep gnawing at my vitals.

اس میں نے اپنی جانوں پر گہرا درد محسوس کیا۔

A dark terror which will never leave me till I, too, am at rest.

ایک تاریک دہشت جو مجھے اس وقت تک نہیں چھوڑے گی جب تک کہ میں بھی آرام نہ کروں۔

Whether my death will come "accidentally" or not I can't tell.

میری موت حادثاتی طور پر آئے گی یا نہیں میں نہیں بتا سکتا۔

I spoke to the widow about her husband's work.

میں نے وہ بیوہ سے اس کے شوہر کے کام کے بارے میں بات کی۔

And I persuaded her I had a "technical" connection to him.

اور میں نے اسے قائل کیا کہ میرا اس سے "تیکنیکی" تعلق ہے۔

So she felt I was sufficiently entitled to the manuscript.

تو اس نے محسوس کیا کہ میں مخطوطہ کا کافی حقدار ہوں۔

And so I attained the dead man's writing.

اور اس طرح میں نے مردہ آدمی کی تحریر حاصل کی۔

I began to read the documents on the boat to London.

میں لندن جانے والی کشتی پر موجود دستاویزات کو پڑھنے لگا۔

They were little more than simple, rambling notes.

وہ سادہ، پھیپھڑے روڈوں سے کچھ زیادہ تھے۔

A naive sailor's effort at a post-facto diary.

مؤخر بعد کی ڈائری میں ایک بھولے ملاح کی کوشش۔

He strove to recall that last awful voyage day by day.

اس نے اس آخری خوفناک سفر کو دن بہ دن یاد کرنے کی کوشش کی۔

I cannot attempt to transcribe his notes verbatim.

میں اس کے نوٹس کو لفظ بہ لفظ نقل کرنے کی کوشش نہیں کر سکتا۔

The manuscript is clouded with vagueness and redundance.

مخطوطہ مبہم اور فالتو پن سے ڈھکا ہوا ہے۔

But I will tell the gist of what he wrote.

لیکن میں اس کا خلاصہ بتاؤں گا جو انہوں نے لکھا ہے۔

Perhaps then you will understand why I stuffed my ears
with cotton.

شاید تب آپ یہ سمجھ جائیں گے کہ میں نے اپنے کانوں میں روئی کیوں بھری ہے۔

The sound of the water against the vessel's sides became
unendurable.

برتن کے اطراف میں پانی کی آواز ناقابل برداشت ہو گئی۔

***

Johansen, thank God, did not quite know what he had seen.

جوہانسن، خدا کا شکر ہے، بالکل نہیں جانتا تھا کہ اس نے کیا دیکھا ہے۔

But it is evident he had seen the city and the Thing.

لیکن ظاہر ہے کہ اس نے شہر اور چیز دیکھی تھی۔

I shall never sleep calmly again when I think of the horrors.

جب میں ہولناکیوں کے بارے میں سوچوں گا تو میں دوبارہ سکون سے نہیں سوؤں گا۔

The horrors that lurk ceaselessly behind life in time and
space.

وہ بولناکیاں جو وقت اور جگہ میں زندگی سے پیچھے چھڑا رہتی ہیں۔

Those unhallowed blasphemies that come from elder stars.

وہ ناہاک گہستانیاں جو بزرگ ستاروں سے آتی ہیں۔

Dreamers beneath the sea known only by a nightmare cult.

یہ سندر کے نیچے خواب دیکھنے والے صرف ایک ڈراؤنے خواب والے پرستو سے جانا جاتا ہے۔

A cult ready and eager to release these monsters into the world.

ایک پرستو تیار ہے اور ان راکشسوں کو دنیا میں چھوڑنے کے لیے بے چین ہے۔

Whenever another earthquake raises their monstrous stone city again.

جب بھی کوئی اور زلزلہ ان کے شیطانی پتھروں کے شہر کو دوبارہ اٹھا دیتا ہے۔

When Cthulhu is under the light of the sun once more.

جب چھولہ ایک بار پھر سورج کی روشنی میں ہے۔

Johansen's voyage had begun just as he told it to the vice-admiralty.

جوہانسن کا سفر ایسی طرح شروع ہوا تھا جیسے اس نے وائس ایڈمرلٹی کو بتایا تھا۔

The Emma, in ballast, had cleared Auckland on February 20th.

ایما، گٹی میں، 20 فروری کو آکلینڈ کو صاف کر چکی تھی۔

The ship had felt the full force of that earthquake-born tempest.

جہاز نے اس زلزلے سے پیدا ہونے والے طوفان کی پوری طاقت کو محسوس کیا تھا۔

The horrors from the sea-bottom that filled men's dreams.

یہ سندر کے نیچے کی بولناکیاں جو مردوں کے خوابوں کو بھر دیتی ہیں۔

Once under control again the ship was making good progress.

ایک بار پھر کنٹرول میں جہاز پھر سے اچھی رفتار پکڑ رہا تھا۔

But then the ship was held up by the Alert on March 22nd.

لیکن پھر 22 مارچ کو جہاز کو الرٹ نے روک لیا۔

I could feel the mate's regret as he wrote of her bombardment and sinking.

میں اس ساتھی کے نذارت کو حدوس کر سکتا تھا جب اس نے اس کے بیماری اور ڈوبنے کے مارے میں لادھا تھا۔

Of the swarthy cult-fiends on the other boat he speaks with horror.

دوسری کشتی پر سوار بزقہ پرست لوگوں کے بارے میں وہ خوف کے ساتھ بولتا ہے۔

There was some peculiarly abominable quality about them.

ان کے بارے میں کچھ چیست و غریب خوبی تھی۔

Something made their destruction seem almost a duty.

کسی چیز نے ان کی تباہی کو تقریباً ایک فرض بنا چھا۔

This point was brought up during the proceedings of the court of inquiry.

یہ نکتہ کورٹ آف اینکوائری کی کارروائی کے دوران اٹھایا گیا۔

Johansen shows ingenuous wonder at the accusation of ruthlessness.

جوہانسن کے رحمی کے ارزام پر پوشیدار حیرت کا مظاہرہ کرتا ہے۔

Curiosity is what drove the men on in their captured yacht.

تجسس ہی وہ ہے جس نے مردوں کو ان کی پکڑی ہوئی ماٹ میں کے لیا۔

Sticking out of the sea the men sighted a great stone pillar.

سمندر سے باہر نکل کر آدمیوں نے پتھر کا ایک بڑا ستون دیکھا۔

In South Latitude 47° 9', West Longitude 126° 43' they come upon a coastline.

جنوبی عرض البلد 47° 9'، مغربی طول البلد 126° 43' میں وہ ایک ساحلی پٹی پر آتے ہیں۔

The coastline was of mingled mud, ooze, and weedy Cyclopean masonry.

ساحلی پٹی ملی جلی کیچڑ، پانی اور جھاڑس دار سائیکلوپین چنائی کی تھی۔

Nothing less than the tangible substance of earth's supreme terror.

زمین کی سب سے بڑی دہشت کے ٹھوس مادے سے کم نہیں۔

They had come across the nightmare corpse-city of R'lyeh.

وہ ریلہ کے ڈراؤنے خواس کی لاش کے شہر میں آئے تھے۔

A city built in measureless eons behind history.

تاریخ کے چھ سے شمار دوروں میں بنا ہوا شہر۔

Monuments to vast loathsome shapes that seeped down
from the dark stars.

تاریک ستاروں سے نیچے آنے والی وسیع بھیانک شکلوں کی یادگاریں۔

There lay great Cthulhu and his hordes for incalculable
cycles.

بے شمار چکروں کے لیے وہاں عظیم چھتھو واہو اور اس کے لشکر پڑے تھے۔

Hidden in green slimy vaults, they sent out their thoughts.

سبز بلغمی والٹس میں چھپے، انہوں نے اپنے خیالات بھیجے۔

The thoughts that spread fear to the dreams of the sensitive.

وہ خیالات جو حساس کے خوابوں میں خوف پھیلاتے ہیں۔

The thoughts that called imperiously to the faithful.

وہ خیالات جنہوں نے وفاداروں کو بے نیاز کہا۔

"Come on a pilgrimage of liberation and restoration."

"آزادی اور بحالی کی زیارت پر آؤ۔"

All this horror Johansen had no way of suspecting.

اس ساری ہولناکی جوہانسن کو شک کرنے کا کوئی راستہ نہیں تھا۔

But God knows he had soon seen enough!

لیکن خدا جانتا ہے کہ اس نے جلد ہی کافی دیکھ لیا تھا!

I suppose what they saw was only a single mountain-top.

مجھے لگتا ہے کہ انہوں نے جو دیکھا وہ صرف ایک پہاڑی چوٹی تھی۔

Soon the rest of the city emerged from the waters.

جلد ہی باقی شہر پانی سے نکل آیا۔

The hideous monolith-crowned citadel where great Cthulhu
was buried.

خوفناک یک سنگی تاج والا قلعہ جہاں عظیم چھتھو واہو کو دفن کیا گیا تھا۔

I shudder to think of all that may be brooding down there.

میں ان سب چیزوں کے بارے میں سوچ کر کانپ جاتا ہوں جو شاید وہاں موجود ہوں۔

And I almost wish to kill myself to stop these thoughts.

اور میں ان خیالات کو روکنے کے لیے تقریباً خود کو مارنا چاہتا ہوں۔

***

Johansen and his men were awed by the cosmic majesty.

جوہانسن اور اس کے آدمی کائناتی عظمت سے حیران تھے۔

They beheld the sight of this dripping Babylon of elder demons.

انہوں نے بڑے شیاطین کے اس ٹپکتے ہوئے بابل کو دیکھا۔

They must have guessed without guidance what it was they saw.

انہوں نے بغیر رہنمائی کے اندازہ لگایا ہوگا کہ انہوں نے کیا دیکھا تھا۔

What they saw was nothing of this or of any sane planet.

انہوں نے جو کچھ دیکھا وہ اس ماحول میں چھ دار سیارے کا نہیں تھا۔

The unbelievable size of the greenish stone blocks.

سبزی مائل پتھر کے بلاکس کا ناقابل یقین سائز۔

The dizzying height of the great carven monolith.

عظیم تراش خراش کی چکرا دینے والی اونچائی۔

And then there was the bas-reliefs found on the captured ship.

اور پھر پکڑے گئے جہاز پر بیس ریلیف ملے۔

The colossal statues mirrored the scene on the carvings.

بڑے بڑے مجسمے نقش و نگار پر منظر کی عکس بندی کر رہے تھے۔

Johansen achieved something very close to futurism.

جوہانسن نے مستقبلیت کے بہت قریب سے کچھ حاصل کیا۔

Because he did not describe any definite structure or building.

کیونکہ اس نے کوئی خاص ساخت یا عمارت بیان نہیں کی۔

He dwelled on the broad impressions of vast angles and stone surfaces.

وہ وسیع زاویوں اور پتھر کی سطحوں کے وسیع نقوش پر بسیرا کرتا تھا۔

Surfaces too great to belong to anything right or proper for
this earth.

سطحیں اتنی بڑی ہیں کہ اس زمین کے لیے کچھ مناسب کسی بھی چیز کا تعلق نہیں ہے۔

Surfaces impious with horrible images and hieroglyphs.

خوفناک تصاویر اور میرے کاپوس کے ساتھ ناپاک سطحیں۔

There is a reason I mention his talk about angles.

زاویوں کے بارے میں ان کی گفتگو کا ذکر کرنے کی ایک وجہ ہے۔

It reminds me of something Wilcox had told me of his awful
dreams.

مجھے کچھ یاد دلاتا ہے ولکاکس نے مجھے اپنے خوفناک خوابوں کے بارے میں بتایا تھا۔

He had said that the geometry of the dream-place he saw
was abnormal.

اس نے کہا تھا کہ اس نے جو خواب دیکھا اس کی جیومیٹری غیر معمولی تھی۔

Non-Euclidean spheres unlike anything here on earth.

غیر یوکلیڈینی کرے جو زمین پر کسی چیز سے مختلف ہیں۔

Loathsomely redolent dimensions completely unlike ours.

گھناونی حد تک بدبو روئی کے طول و عرض بالکل طور پر ہمارے برعکس۔

Now a seaman was describing the exact same thing.

اب ایک بحری جہاز مالکل وہی بات بیان کر رہا تھا۔

They bad both had the same terrible glimpse of this reality.

ان دونوں کو اس حقیقت کی ایک ہی خوفناک جھلک نظر آئی۔

Johansen and his men landed at a sloping mud-bank.

جوہانسن اور اس کے آدمی ایک ڈھلوان مٹی کے کنارے پر اترے۔

And they looked up at this monstrous Acropolis.

اور انہوں نے اس شیطانی ایکروپولیس کی طرف دیکھا۔

They clambered slippery up over titan oozy blocks.

وہ ٹائٹن اوزی بلاکس پر پھسلتے ہوئے اوپر چڑھ گئے۔

Blocks which could have been no mortal staircase.

بلاکس جو کوئی فانی سیڑھیاں نہیں ہو سکتے تھے۔

The very sun of heaven seemed distorted in this mist.

آسمان کا سورج اس دھند میں گر تا ہوا دکھائی دے رہا تھا۔

A polarizing miasma welling out from this sea-soaked perversion.

اس سمندر میں دھنسی ہوئی بگاڑ سے ایک پولرائزنگ میاسمہ نکل رہا ہے۔

Twisted menace and suspense lurked in those elusive rocks.

پیچ ہوئی دھمکی اور سسپنس ان مضطرب چٹانوں میں چھپے ہوئے تھے۔

A second glance showed concavity where the first showed convexity.

دوسری نظر میں گہرائی نظر آئی جہاں پہلی میں ابھار نظر آیا۔

Something very like fright had come over all the explorers.

تمام مہم کاروں پر کچھ ایسا ہی خوف طاری ہو گیا تھا۔

Each man would have fled had he not feared the scorn of the others.

ہر آدمی بھاگ جاتا اگر وہ دوسروں کے طعنوں سے نہ ڈرتا۔

And it was only half-heartedly that they vainly searched.

اور یہ صرف نیم دلی سے تھا کہ انہوں نے بیکار تلاش کی۔

They were looking for some portable souvenir to bear away.

وہ اٹھانے کے لیے کچھ پورٹیبل سووینیر تلاش کر رہے تھے۔

It was Rodriguez, the Portuguese, who climbed up the foot of the monolith.

یہ پرتگالی روڈریگز تھا جو مونولتھ کے پاؤں پر چڑھ گیا۔

From there he shouted of what he had found.

وہاں سے اس نے جو کچھ پایا اس کے بارے میں چیخا۔

The rest followed him to the foot of the monolith.

باقی اس کا پیچھا کرتے ہوئے مونولتھ کے دامن تک گئے۔

They looked curiously at the immense door in front of them.

انہوں نے اپنے سامنے موجود دیوہیکل دروازے کو تجسس سے دیکھا۔

The now familiar squid-dragon was carved on the door.

دروازے پر اس مانوس اسکوئڈ ڈریگن کو کندہ کیا گیا تھا۔

It was, Johansen said, like a great barn-door.

جو ہار رسن نے کہا کہ ایک بڑے گودام کے دروازے کی طرح تھا۔

Although they said it only gave the impression of a door.

اگرچہ انہوں نے کہا کہ اس سے صرف ایک دروازے کا تاثر ملتا ہے۔

They could not decide if the door lay flat like a trap-door.

وہ فیصلہ نہیں کر سکے کہ آیا دروازہ پھندے کے دروازے کی طرح چپٹا پڑا ہے۔

Or maybe the opening was slanted like an outside cellar-door.

یا ہو سکتا ہے کہ اپنتائی تہہ خانے کے دروازے کی طرح جھکا ہوا تھا۔

As Wilcox would have said, the geometry of the place was all wrong.

جیسا کہ ولکاکس نے کہا ہوگا، اس جگہ کی جیومیٹری سب غلط تھی۔

One could not be sure that the sea and the ground were horizontal.

کوئی اس بات کا یقین نہیں کر سکتا تھا کہ یہ سمندر اور زمین افقی ہیں۔

Hence the relative position of everything else seemed phantasmally variable.

اس سے ہر چیز کی نسبتی پوزیشن غیر یقینی طور پر متغیر نظر آتی تھی۔

Briden pushed at the stone in several places, without result.

پھر ڈونوون نے پتھر پر کئی جگہ دھکیل دیا، بغیر نتیجہ کے۔

Then Donovan felt delicately over around the edge of the door.

پھر ڈونوون نے دروازے کے کنارے کے اردگرد نازک طریقے سے محسوس کیا۔

He climbed interminably along the grotesque stone molding.

وہ چبھتے و غریب پتھر کی مولڈنگ کے ساتھ وقفے وقفے سے چڑھتا رہا۔

Although, if you could really call it climbing is debatable.

اگرچہ، اگر آپ اسے واقعی چڑھنا کہہ سکتے ہیں تو یہ قابل بحث ہے۔

Perhaps the door was more horizontal than vertical.

شاید دروازہ عمودی سے زیادہ افقی تھا۔

And the men wondered how any door in the universe could be so vast.

اور ہر دوں نے سوچا کہ کائنات میں ہونی بھی دروازہ اتنا وسیع کیسے ہو سکتا ہے۔

Then, very softly and slowly, something began to happen.

پھر بہت آہستہ اور آہستہ آہستہ کچھ ہونے لگا۔

The acre-great panel began to give inward at the top.

ایکڑ بھر بڑا پینل اوپر سے اندر کی طرف دینے لگا۔

And they saw that the door had balanced itself.

اور انہوں نے دیکھا کہ دروازے نے خود کو میزوازن پر لیا ہے۔

***

Donovan somehow propelled himself back along the jamb.

ڈونووین نے کسی طرح خود کو جام کے ساتھ پیچھے دھکیل دیا۔

And everyone watched the queer recession of the monstrously carven portal.

اور سب نے خوفناک تراشے ہوئے پورٹل کی پس کساد بازاری کو دیکھا۔

In this fantasy of prismatic distortion it moved anomalously in a diagonal way.

پرزمیٹک تحریف کی اس فنتاسی میں یہ ایک ترچھی انداز میں بے ترتیب حرکت کرتا ہے۔

All the rules of matter and perspective seemed confused.

مادے اور نقطہ نظر کے تمام اصول الجھے نظر آتے تھے۔

The aperture was black with a darkness almost material.

بیرونی تقریبا مواد کے ساتھ سیاہ تھا۔

That tenebrousness was indeed a positive quality.

یہ تاریکی واقعی ایک مثبت خوبی تھی۔

The men were spared from seeing the inner walls.

آدمی اندرونی دیواروں کو دیکھنے سے بچ گئے۔

The darkness burst forth like smoke from its eon-long imprisonment.

اندھیرا اپنی طویل قید سے دھوئیں کی طرح پھٹ پڑا۔

The sun was visibly darkened by flapping membranous
wings.

چھلکوں کے پروں کے پھڑپھڑانے سے سورج واضح طور پر تاریک ہو گیا تھا۔

And the shadow slunk away into the shrunken and gibbous
sky.

اور سایہ سمٹتے ہوئے اور گیسار آسمان میں ڈھل گیا۔

The odor arising from the newly opened depths was
intolerable.

نئی کھلی گہرائیوں سے اٹھنے والی بدبو ناقابل برداشت تھی۔

The quick-eared Hawkins thought he heard a nasty,
slopping sound.

تیز کان والے ہاکنز نے سوچا کہ اس نے ایک گندی، ڈھلتی آواز سنی ہے۔

His ears were confirmed when It lumbered slobberingly into
sight.

اس کے کانوں کی تصدیق اس وقت ہوئی جب وہ نظروں میں جھک گیا۔

Its gelatinous green immensity groped through the black
hall.

اس کی جیلاٹینس سبز رنگت ملک ہال میں پھیلی ہوئی تھی۔

And Its ooze and smell squeezed through the angled door.

اور اس کی رطوبت اور بدبو زاویہ دروازے سے نچوڑ رہی تھی۔

The Thing went into the tainted air of that poison city of
madness.

وہ چیز پاگلوں کے اس زہریلے شہر کی داغدار ہوا میں چلی گئی۔

Poor Johansen's handwriting almost gave out when he wrote
of this.

غریب جوہانسن کی لکھائی تقریباً ختم ہو گئی جب اس نے یہ لکھا۔

He thinks two men perished of pure fright in that accursed
instant.

اس کے خیال میں اس ملعون لمحے میں دو آدمی خالص خوف سے ہلاک ہو گئے۔

The Thing cannot be described with our language.

بات کو ہماری زبان سے بیان نہیں کیا جا سکتا۔

There are no words for such abysms of shrieking and immemorial lunacy.

ایسی چیخ و پکار اور قدیم پاگل پن کے لیے الفاظ نہیں ہیں۔

Eldritch contradictions of all matter, force, and cosmic order.

تمام مادے، قوت اور کائناتی ترتیب کے اِلڈرچ تضادات۔

A mountain that walked and stumbled on the earth. God!

ایک پہاڑ جو زمین پر چلتا اور ٹھوکر کھاتا تھا۔ خدارا!

No wonder that across the earth a great architect went mad.

کوئی تعجب نہیں کہ زمین بھر میں ایک عظیم معمار دیوانہ ہو گیا۔

No wonder poor Wilcox raved with fever in that telepathic instant.

اس میں کوئی تعجب کی بات نہیں ہے کہ غریب ولکاکس اس ٹیلی پیتھک لمحے میں بخار سے بڑبڑا اٹھا۔

The green, sticky spawn of the stars, was walking the earth.

ستاروں کی سبز، چپچپا سپون، زمین پر چل رہی تھی۔

The Thing of the idols had awaked to claim his own.

بتوں کی چیز اپنی ذات کا دعویٰ کرنے کے لیے جاگ چکی تھی۔

The stars were aligned again, as was predicted.

ستارے دوبارہ سیدھ میں ہو گئے، جیسا کہ پیشین گوئی کی گئی تھی۔

An age-old cult had failed in their duties.

ایک پرانا فرقہ اپنے فرائض میں ناکام ہو گیا تھا۔

And a band of innocent sailors fulfilled their role by accident.

اور معصوم ملاحوں کے ایک گروہ نے حادثاتی طور پر اپنا کردار ادا کیا۔

After vigintillions of years great Cthulhu was loose again.

کئی سالوں کے بعد عظیم چھتھولو پھر سے ڈھیلا ہو گیا۔

And now great Cthulhu was ravening for delight.

اور اب عظیم چھتھولو خوشی کے لیے کوشاں تھا۔

Three men were swept up by the flabby claws before anybody turned.

اس سے پہلے کہ کوئی مرتا، تین آدمیوں کو پنجوں نے لپیٹ میں لے لیا۔

God rest them, if there be any rest in the universe.

خدا ان کو آرام دے، اگر کائنات میں کوئی آرام ہے۔

Let it be known that their names were Donovan, Guerrera and Angstrom.

واضح رہے کہ ان کے نام ڈونووان، گوریرا اور ایگسٹروم تھے۔

Parker slipped as he was trying to make his escape.

پارکر اس وقت پھسل گیا جب وہ فرار ہونے کی کوشش کر رہا تھا۔

The other three were plunging frenziedly back to the boat.

باقی تین جوش و خروش سے واپس کشتی کی طرف جا رہے تھے۔

They ran over endless vistas of green-crusted rock.

وہ سبز پرسبند چٹان کے لامتناہی نظاروں پر بھاگے۔

Johansen swears he was swallowed up by an angle of masonry.

جوہانسن قسم کھاتا ہے کہ اسے چنائی کے زاویے نے نگل لیا تھا۔

An angle which shouldn't have been there.

ایسا زاویہ جو وہاں نہیں ہونا چاہیے تھا۔

An angle which was acute, but behaved as if it were obtuse.

ایک زاویہ جو شدہ مدہ تھا، لیکن ایسا برتاؤ کرتا تھا جیسے وہ اوندھا ہو۔

Only Briden and Johansen made it back to the boat.

صرف برائیڈن اور جوہانسن نے اسے دوبارہ کشتی تک پہنچایا۔

The two men had a moment of good fortune.

دونوں آدمیوں کو ایک بہتر لمحہ نصیب ہوا۔

The mountainous monstrosity flopped down on the slimy stones.

پہاڑی عفریت پھسلتے پتھروں پر گر پڑی۔

And the beast hesitated floundering at the edge of the water.

اور حیوان پانی کے کنارے پر جھجکنے لگا۔

The steam boat had not entirely run out of hot coals.

جہاز وان کشتی میں گرم کوئلے کلی طور پر ختم نہیں ہوئے تھے۔

Despite the departure of all men for the shore.

ساحل کے لیے تمام مردوں کی روانگی کے باوجود۔

Feverishly the two men rushed up and down between
wheels.

بخار سے دو آدمی پہیوں کے درمیان اوپر نیچے بھاگے۔

It was the work of only a few moments to get the engine
going.

انجن کو چلنے میں صرف چند لمحوں کا کام تھا۔

Amidst the distorted horrors of that indescribable scene.

اس ناقابل بیان منظر کی بگڑی ہوئی خوفناک شدہ بولہناکیوں کے درمیان۔

Slowly their boat began to churn the lethal waters beneath
her.

آہستہ آہستہ ان کی کشتی اس کے نیچے مہلک پانیوں کو مدھتیتر کرنے لگی۔

And they moved along the masonry of that charnel shore.

اور وہ اس چارنل کے کنارے کی چنائی کے ساتھ ساتھ چلے گئے۔

That strange coastline that was not from this world.

وہ عجیب ساحل جو اس دنیا سے نہیں تھا۔

***

The titan Thing from the stars slavered and gibbered.

ستاروں سے ٹائٹن چیز غلابی اور گھبرڈ۔

Like Polypheme cursing the fleeing ship of Odysseus.

جیسے پولی فیم اوڈیسس کے بھاگتے ہوئے واسے جہاز کو کوس رہا تھا۔

Then great Cthulhu slid greasily into the water.

پھر عظیم چتھولہو چکنائی سے پانی میں پھسل گیا۔

Bolder and more daring than the storied Cyclops.

مشہور سائیکلوپس سے زیادہ دلیر اور بہادر۔

Cthulhu pursued them through the water with cosmic
movement.

چھوٹے ہوتے ہی کا بناتی حرکات کے ساتھ مانی کے ذریعے ان کا تعاقب کیا۔

Briden looked back from the ship and started laughing shrilly.

دائدن نے جہاز سے پیچھے مڑ کر دیکھا اور زور زور سے ہنسنے لگا۔

From that moment Briden continued laughing at odd intervals.

اس سے براؤڈن چھوٹے وقفوں سے ہنستا رہا۔

But Johansen had not given up yet.

لیکن جوہازسن نے ابھی تک ہمت نہیں ہاری تھی۔

He knew his ship had no chance of outpacing the thing.

وہ جانتا تھا کہ اس کے جہاز کے پاس اس چیز سے آگے نکلنے کا کوئی امکان نہیں ہے۔

So he resolved on taking a desperate chance.

چنانچہ اس نے مایوس کن موقع لینے کا فیصلہ کیا۔

He loaded the furnace and set the engine for full speed.

اس نے بھٹی کو لود کیا اور انجن کو پوری رفتار کے پے سیٹ کیا۔

And then he ran lightning-like on deck and reversed the wheel.

اور پھر وہ بجلی کی طرح ڈیک پر بھاگا اور پہیہ الٹ دیا۔

There was a mighty eddying and foaming in the noisome brine.

شور چانے والے بدبودار مانی میں ایک زبردست ابھری اور ذومبگ تھی۔

The steam mounted higher and higher into the sky.

بھاپ آسمان کی طرف بلندی سے بلند ہو رہی تھی۔

And the brave Norwegian reversed the course of the chase.

اور بہادر نارویجن نے چھاپ کرنے کا راستہ پلٹ دیا۔

Before him rose the unclean froth like the stern of a demon galleon.

اس کے سامنے ندروح کی یلین کی پچھلی کی طرح ناپاک جھاگ اٹھا۔

He drove his vessel head on against the pursuing jelly.

اس نے تعاقب کرنے والی جیلی کے خلاف اپنا برتن سر پر موڑا۔

The awful squid-head came nearly up to the yacht's
bowsprit.

خوفناک سکویدمڈ کا سر تقریباً یاٹ کے بواسپرٹ تک آ گیا۔

But Johansen drove on relentlessly against the writhing
feelers.

لیکن جوہانسن نے چکاجاتے پٹھوس کرنے والوں کے خلاف انتھک جدوجہد کی۔

There was a bursting as of an exploding bladder.

ایک پھٹنے والی مثانے کی طرح پھٹ رہا تھا۔

There was a slushy nastiness as of a cloven sunfish.

ایک ونگ سن چھلی کی طرح پچر پچر ہری گندگی تھی۔

There was a stench as of a thousand opened graves.

ایک ہزار کھلی قبروں کی طرح بدبو تھی۔

And there was a sound the chronicler did not put on paper.

اور ایک آواز تھی جو تاریخ سازنے کاغذ پر نہیں ڈالی تھی۔

For an instant the ship was befouled by an acrid cloud.

ایک سبز کے بھے جہاز ہو ایک تیز بادل نے پھیر لیا۔

The green cloud blinded Johansen and the mad man.

سبز بادل نے جوہانسن اور پاگل آدمی کو اندھا کر دیا۔

And then there was only a venomous seething astern.

اور پھر صرف ایک زہریلی سہ تھنگ اسٹرن تھی۔

But God in heaven! What the two men saw next;

لیکن جنت میں خدا! ادونوں آدمیوں نے آگے کیا دیکھا؛

The scattered plasticity of that nameless sky-spawn.

اس کے نام آسمانی سپون کی بکھری ہوئی پلاسٹیٹی۔

The injured thing was nebulously recombining.

زخمی چیز کے ترتیب سے دوبارہ مل رہی تھی۔

Soon Cthulhu would be back in its hateful original form.

جلد ہی چھولہو اپنی نفرت انگیز اصلی شکل میں واپس آ جائے گا۔

But their distance was widening with every second.

لیکن ان کی دوری ہر سیکنڈ کے ساتھ بڑھ رہی تھی۔

The ship was gaining impetus from its mounting steam.

جہاز اپنی دُھری ہوئی ہواب سے تیزیک حاصل کر رہا تھا۔

And eventually the cursed city was over the horizon.

اور آخر کار ملعون شہر افق پر تھا۔

***

He did not try to navigate after their lucky escape.

اس نے ان کے خوش قسمتی سے بچار کے بعد تشریف سے جانے کی کوشش نہیں کی۔

His reaction had taken something out of his soul.

اس کے ردِ عمل نے اس کی روح سے کچھ نکال لیا تھا۔

He spent his time brooding over the idol in the cabin.

اس نے اپنا وقت کیبن میں موجود بت کے بارے میں سوچتے ہوئے گزارا۔

He looked after the laughing maniac in the boat.

اس نے کشتی میں ہنستے ہوئے پاگل کی دیکھ بھال کی۔

And he attended to a few matters such as food.

اور اس نے کھانے جیسے چند امور پر توجہ دی۔

Then came the storm of April 2nd.

پھر 2 اپریل کا طوفان آیا۔

On that day clouds gathered over his consciousness.

اس دن اس کے ہوش و حواس پر بادل چھا گئے۔

There is a sense of pure and refined delirium.

خالص اور بہتر ڈیلیریم کا احساس ہے۔

Spectral whirling through liquid gulfs of infinity.

لامحدود یت کی مائع کھائیوں کے ذریعے بے کنٹرل گھومنا۔

Dizzying rides through reeling universes on a comet's tail.

دو کیبت کی دم پر بھوم سے وان کا ئناتوں میں چکر اپنے وانی سواری۔

Hysterical plunges from the pit to the moon.

گڑھے سے چاند تک پراسرار چھلانگیں

And he plunged back again from the moon to the pit.

اور وہ دوبارہ چاند سے اٹھ کر ابھرے ہیں جام ہرا۔

A cachinnating chorus of the distorted, hilarious elder gods.

مسخ شدہ، مراحصہ بزرگ دیوتاؤں کا ایک دلکش کورس۔

And the green bat-winged mocking imps of Tartarus.

اور سبز چمگادڑ کے پروں والے ٹارٹارس کے طرہ انشانات۔

Out of that dream came rescue; the ship Vigilant.

اس خواب سے نجات آئی۔ جہاز چوکس۔

The vice-admiralty court and the streets of Dunedin.

وائس ایڈمرلٹی کورٹ اور ڈنیڈن کی سڑکیں۔

The long voyage back home to the old house by the Egeberg.

ایگیبرگ کے پرانے گھر کی طرف واپس طویل سفر۔

He could not tell anyone of what he had seen.

جو کچھ اس نے دیکھا تھا وہ کسی کو بتا نہیں سکتا تھا۔

Had he told the truth they would have thought he had gone
mad.

اگر اس نے سچ کہا ہوتا تو وہ سمجھتے کہ وہ پاگل ہو گیا ہے۔

So he secretly wrote of what he knew before death came.

چنانچہ اس نے چپکے سے وہ باتیں لکھیں جو موت آنے سے پہلے اسے معلوم تھیں۔

"Death would be a boon if only it could blot out the
memories."

"موت ایک زبردست ہو گی اگر محض ان یادوں کو مٹا دے"۔

That was the document Johansen left behind.

وہ دستاویز تھی جو جوہانسن نے پیچھے چھوڑی تھی۔

And now I have placed this document in the tin box.

اور اس میں نے یہ دستاویز ٹن کے ڈبے میں رکھ دی ہے۔

In the box is also the dream carved bas-relief.

اس ڈبے میں خواب کی بنا کندہ باس ریلیف بھی ہے۔

And I have included the papers of Professor Angell.

اور میں نے پروفیسر اینجل کے پیپرز شامل کیے ہیں۔

With this box shall go this record of mine.

اس بارس کے ساتھ میرا ہمہ ریکارڈ چلے گا۔

These notes have become a test of my own sanity.

یہ نوٹ میری اپنی عقل کا امتحان بن گئے ہیں۔

But I hope my discoveries are never be pieced together again.

لیکن میں امید کرتا ہوں کہ میری دریافتوں کو دوبارہ کبھی نہیں ملایا جائے گا۔

I have looked upon all that the universe has to hold of horror.

میں نے ان تمام چیزوں پر نظر ڈالی ہے جو کائنات کو ہولناکی کا سامنا ہے۔

But now even the skies of spring are darkness to me.

لیکن اس رو میرے لیے بہار کے آسمان بھی اندھیرے ہیں۔

Even the flowers of summer are forever poison to me.

گرمیوں کے پھول بھی میرے لیے ہمیشہ کے لیے زہر ہیں۔

But I do not think my life will be long.

لیکن مجھے نہیں لگتا کہ میری زندگی بہت بڑی ہوگی۔

As my uncle went, so shall my end come.

جیسے میرے چاچے، ویسے ہی میرا انجام بھی آئے گا۔

As poor Johansen went, so shall my time come.

جیسے غریب جوہانسن چلا گیا، میرا وقت بھی آئے گا۔

I know too much, and the cult still lives.

میں بہت زیادہ جانتا ہوں، اور برقہ اب بھی زندہ ہے۔

Cthulhu still lives, too, I can only suppose.

چھتولہو اب بھی زندہ ہے، میں صرف فرض کر سکتا ہوں۔

I assume Cthulhu is again in that chasm of stone.

میں فرض کرتا ہوں کہ چھتولہو دوبارہ پتھری اس کھائی میں ہے۔

The city which has shielded him since the sun was young.

وہ شہر جس نے سورج کے جوان ہونے سے ہی اس کی حفاظت کی ہے۔

I know his accursed city is sunken once more.

میں جانتا ہوں کہ اس کا بلادون شہر ایک بار پھر ڈوب گیا ہے۔

The crew of the Vigilant sailed over the spot after the April storm.

ویجیلنٹ کا عملہ اپریل کے طوفان کے بعد اس جگہ پر روانہ ہوا۔

But his ministers on earth still worship his return.

لیکن زمین پر اس کے وزیر اب بھی اس کی واپسی کی پوجا کرتے ہیں۔

In lonely places they congregate around their idol.

تنہا جگہوں پر وہ اپنے بت کے ارد گرد جمع ہوتے ہیں۔

And they bellow and prance and slay in satanic ritual.

اور وہ شیطانی رسم میں چیختے چھوڑتے اور مارتے ہیں۔

He must have been trapped by the sinking of his black abyss.

وہ اپنے کالے ماتال میں ڈوب کر پھنس گیا ہوگا۔

Or else the world would by now be screaming with fright and frenzy.

ورنہ دنیا اب تک خوف اور جنون سے چیخ رہی ہوگی۔

Who knows how the end will come about?

کون جانتا ہے کہ انجام کیسے ہوگا؟

What has risen may sink, and what has sunk may rise.

جو اٹھا ہے وہ ڈوب سکتا ہے اور جو ڈوب گیا ہے وہ اٹھ سکتا ہے۔

Loathsomeness waits and dreams in the deep.

بیزاری انتظار کرتی ہے اور گہرائی میں خواب دیکھتی ہے۔

And decay spreads over the tottering cities of men.

اور بوسیدگی آدمیوں کے بکھرتے شہروں پر پھیل جاتی ہے۔

A time will come where that city rises out the sea again.

ایک وقت آئے گا جب وہ شہر دوبارہ سمندر سے نکلے گا۔

But I must not think about when that day will come!

لیکن مجھے نہیں سوچنا چاہیے کہ وہ دن کب آئے گا!

I have one prayer if this manuscript outlives me.

میری ایک دعا ہے اگر یہ مخطوطہ مجھ سے زیادہ زندہ رہے۔

I pray my executors put caution before audacity.

میں دعا کرتا ہوں کہ میرے مہلدار سے دی سے پہلے احتیاط کریں۔

I pray this manuscript meets no other eyes.

میری دعا ہے کہ یہ خطوط کہیں اور کسی نظروں سے نہ ملے۔

***

Found among the papers of the late Francis Wayland
Thurston, of Boston.

بوسٹن کے مرحوم فرانسس ویلینڈ تھرسٹن کے کاغذات میں سے ملا۔